BARRO BLANCO

JOSÉ MAURO DE VASCONCELOS

BARRO BLANCO

Sumário

A Literatura de José Mauro de Vasconcelos 7

Primeira Parte – TERRA SECA

Os Homens do Mar São assim Mesmo 17
Amor 30
Macau 35
A Festa 43
A Dança 60
O Velho Malaquias 74
A História de Chicão Boi 86
A Seca 106
A Gente que Não Para 122

Segunda Parte – BARRO BLANCO

Dom Miguel 143
A História de Joaninha Maresia 150
Charque Humano 157
A Louca de Porto do Roçado 170
O Mar 184
O Iate de Mestre Damasceno 189
O Gato 194
Sede 208
Barro Blanco 231

José Mauro de Vasconcelos 234

A LITERATURA DE JOSÉ MAURO DE VASCONCELOS

por Dr. João Luís Ceccantini
Professor, pesquisador e escritor
Doutor e Mestre em Letras

A literatura de José Mauro de Vasconcelos (1920-1984) constitui hoje um curioso paradoxo: ao mesmo tempo que as obras do escritor estão entre aquelas poucas, em meio à produção nacional, que alcançaram um número gigantesco de leitores brasileiros – além de terem sido também traduzidas para muitas outras línguas, com sucesso de vendas e projeção no exterior –, não contaram com a contrapartida da valorização de nossa crítica literária. Há, ainda, pouquíssimos estudos sobre suas obras, seja individualmente[1], seja sobre o conjunto de sua produção. Trata-se, com certeza, de uma grande injustiça, fruto do preconceito de um julgamento que levou em conta, quase de maneira exclusiva, critérios associados à ideia de *ruptura* com a tradição literária como elemento valorativo. Uma das vozes de exceção que veio em defesa de Vasconcelos foi a do grande poeta, tradutor e crítico literário José Paulo Paes (1926-1998), que denuncia "a miopia de nossa crítica para questões que fujam ao quadro da literatura erudita", examinando o desempenho do escritor "unicamente em termos de estética literária, em vez de analisá-lo pelo prisma da sociologia do gosto e do consumo"[2].

José Mauro de Vasconcelos, com a linha do "romance social" (frequentemente, também de caráter intimista), que produziu desde a sua estreia com *Banana Brava* em 1942,

1. A exceção é *O Meu Pé de Laranja Lima*, título lançado em 1968.
2. PAES, José Paulo. *A Aventura Literária*: ensaios sobre ficção e ficções. São Paulo: Companhia das Letras, 1990. p.34-35.

prestou um serviço notável à cultura do país, contribuindo de modo excepcional para a formação de sucessivas gerações do público leitor brasileiro. Soube seduzi-lo de maneira ímpar para uma obra multifacetada, que permanece atual, sendo ambientada em diferentes regiões do país e abarcando questões das mais pungentes, sempre segundo uma perspectiva bastante pessoal e impregnada de sentido dialético. Chama a atenção, na visão de mundo do escritor, particularmente, o destaque dado em suas composições à relação telúrica com o meio e certa visada existencialista. Vasconcelos conjuga, em suas personagens, espírito de aventura e vigor físico com dimensões introspectivas; aborda temáticas regionalistas, bem como as de natureza urbana; analisa a sociedade contemporânea segundo uma visão crítica e racional sem abrir mão de explorar aspectos afetivos ou até mesmo sentimentais de personagens e problemas; põe em relevo espíritos desencantados, assim como aqueles impregnados de esperança; debruça-se tanto sobre os vícios como sobre as virtudes dos entes a que dá vida; esses, entre tantos outros elementos, dão corpo a uma literatura à qual não se fica indiferente.

Para uma leitura justa e prazerosa da obra do escritor nos dias de hoje, vale lembrar que a literatura de Vasconcelos precisa ser compreendida no contexto social de sua época, não devendo ser avaliada por uma visão étnico-cultural atual. Se é possível encontrar, aqui e ali, uma ou outra expressão linguística, ponderação ou caracterização que seriam inconcebíveis para os valores do presente, isso não desvia a atenção do valor do escritor e do imenso interesse que sua obra desperta, de visada profundamente humanista.

A reedição cuidadosa que ora se faz do conjunto da obra de Vasconcelos é das mais oportunas, permitindo que tanto os leitores fiéis à sua literatura possam revisitar, um a um, os títulos que compõem esse vibrante universo literário, como que as novas gerações venham a conhecê-la.

Barro Blanco, título lançado em 1945, reafirma o vigor da prosa de José Mauro de Vasconcelos, demonstrado três anos antes na obra de estreia *Banana Brava*. No seu segundo romance, se, por um lado, permanece o tom regionalista presente na narrativa anterior, por outro, o ambiente geográfico e o espaço social em que se desenrola a ação é diferente: sai de cena o mundo do garimpo, na região central do país, entra em foco o universo litorâneo das salinas do Rio Grande do Norte, em particular a cidade de Macau. Por meio da personagem central, Chicão, vai-se delineando, aos olhos do leitor, a vida sofrida, mas nem por isso menos instigante, da população da região na primeira metade do século passado.

Numa estrutura narrativa criativa, que fisga o leitor sem se prender à ordem cronológica dos acontecimentos, é possível acompanhar a trajetória de Chicão, um herói oriundo do povo, que assume dimensão quase épica, numa caracterização em que sobressaem sua inabalável coragem, sua grande força física e moral frente às muitas adversidades e seu imenso poder de sedução, particularmente junto às mulheres. Revela-se, assim, ao leitor, a migração de Chicão do interior para o litoral com o objetivo de fugir da seca que devasta o agreste; o seu trabalho pesado nas salinas, que, de forma cruel e rápida, debilita a saúde; e a sua atividade de marinheiro que, entre um porto e outro e às voltas com prostitutas e camaradas de bar, leva-o a entregar-se apaixonadamente aos desafios e à beleza do mar – tudo compondo um sensível painel da região.

Dr. João Luís Ceccantini

Graduou-se em Letras em 1987 na UNESP – Universidade Estadual Paulista "Júlio de Mesquita Filho", instituição em que trabalha desde 1988. Pela mesma faculdade, realizou seu mestrado em 1993 e doutorado em Letras em 2000. Atua junto à disciplina de Literatura Brasileira, desenvolvendo pesquisas principalmente nos temas: literatura infantil e juvenil, leitura, formação de leitores, literatura e ensino, Monteiro Lobato e literatura brasileira contemporânea de um modo geral. É hoje professor assistente Doutor na UNESP e coordenador do Grupo de Pesquisa "Leitura e Literatura na Escola", que congrega professores de diversas Universidades do país. É também votante da FNLIJ – Fundação Nacional do Livro Infantil e Juvenil e tem realizado diversos projetos de pesquisa aplicada, voltados à formação de leitores e ao aperfeiçoamento de professores no contexto do Ensino Fundamental.

EXPLICAÇÃO DO AUTOR

*A antiga cidade de Macau ficava numa
ilha chamada Manuel Gonçalves.
Em 1825, essa ilha começou a afundar.
Transportaram a cidade para o litoral,
onde se encontra até hoje.
Por mais estranho que pareça, hoje
a ilha está ressurgindo...
Este romance é a história dessa ilha,
da seca, do sal e de outras grandes misérias
do Rio Grande do Norte.*

Primeira Parte

TERRA SECA

Capítulo Primeiro

OS HOMENS DO MAR SÃO ASSIM MESMO

Assobia, Bexiguinha. Você não disse que tem sorte?
Quem falava assim era o Russo. O Russo, que só tinha dois nomes. O primeiro era Pedro e o segundo, Russo mesmo.
Deitado sobre um rolo de cordas, fumava, soltando baforadas do cigarro de palha, que subindo da boca iam incomodar os olhos. Não propriamente os olhos. Porque o Russo tivera um olho vazado numa briga, há muito tempo, em Areia Branca.
Ele estava impacientíssimo. Queria chegar logo. De vez em quando, enfiava a mão nos cabelos vermelhos num gesto de largo aborrecimento e, por outras vezes, apertava contrariado o olho azul.
– Ei, Bexiguinha! Assobia mesmo!
– Num dianta, Russo. Duvido que o vento venha.
Mas mesmo assim, Bexiguinha encheu as bochechas, o que serviu mais para aumentar as marcas de bexiga que lhe enchiam o moreno do rosto. Assobiou devagar:

Vem vento, caxinguelê
Cachorro do mato
Qué me mordê...

Vem vento, caxinguelê
Cachorro do mato
Qué te mordê...

Todos ficaram espiando para as velas do iate. Mas nada. Nem um sinal de viração. As velas estavam tesas, completamente indiferentes.

Mestre Antão falou:

– Aposto os meus óculos cumo esse Nordeste desgraçado num vem.

E quando Mestre Antão chegava a apostar os óculos, a coisa era mais que certa.

– Tá ruim, tá ruim – pensou Dorcelino. – É melhor a gente fazê que nem Chicão que tá ferrado no sono. Se dentro de meia hora o Nordeste num vem, nós amenhã só entra cum a maré da tarde.

Eram sete homens ansiosos para que um vento viesse do mar. Um vento que surgisse de dentro do mar, do lado que a noite era mais escura. Porque, do lado da terra, o farol de Alagamar dava riscos pela noite como um giz no quadro-negro.

Mas o vento não vinha mesmo. O iate galeava fortemente com o mar de fora da barra. Às vezes era sacudido por balanços maiores, quando a onda que passava por baixo da quilha vinha mais zangada.

Eusébio perguntou para Dorcelino:

– Que horas tem no teu relojo?

Dorcelino puxou um relógio grande do bolso. Um relógio pelo qual tinha uma estima tremenda, porque fora do seu pai. Respondeu amolado:

– Nove horas.
– Então a gente num entra mesmo hoje.
– Qu'isperança!
– Daqui a pouco o velho manda ferrá as vela. Qués vê?

Parece até que Mestre Antão tinha ouvido, porque gritou da casa de comando.

– Vamo descê as vela, minha gente. Hoje, só amanhã...

Bexiguinha trepou na amurada do iate e gritou para Chicão, que estava deitado em cima da casa de comando.

– Ei, Chicão! Vamo descê as vela. Tás dormindo numa hora dessas?

Chicão pulou para o convés e começou a ajudar Bexiguinha na vela grande. Desataram os nós da malagueta e começaram a soltar as cordas.

As velas danaram-se para gemer e foram baixando devagarzinho.

Foram se encolhendo sobre os mastros.

– Vamo agora ajudá Dorcelino e Eusébio no traquete.

O traquete é a vela mais encrencada do iate. Talvez devido à sua colocação no centro da embarcação.

Dorcelino estava suado de molhar a camisa de meia.

– Nunca vi um home pregá desse jeito! Por quarqué besteirada dessas fica todo ensopado.

– Rapais, suá é pra home!

Os quatro juntos foram abaixando a vela do traquete. Quando acabaram, já a bujarrona e a vela da frente tinham sido descidas e ferradas pelo Russo, ajudado pelo contramestre Lucas.

Chicão pulou de novo para cima da casa de comando e se deitou, cruzando os braços sobre a cabeça e espiando o céu. Gostava de ficar assim, olhando as estrelas. Subia a vista pelo mastro acima e ficava vendo coisas que os outros não viam. Com o balanço do iate, o mastro fazia um pequeno círculo e dava a impressão de ser um enorme taco de bilhar que queria acertar nas estrelas, que fugiam em todas as direções.

Se ele dissesse isso aos outros companheiros, ninguém ia compreender...

O Russo pulou para cima e sentou-se ao seu lado. Acendeu outro cigarro de palha de milho e começou a conversar.

– Que diabo! A gente podia chegá logo. E agora, só amanhã!

– Tanto faz chegá hoje cumo amanhã...

– Você diz isso porque sabe que Joaninha Maresia tá te esperando lá. Mas eu? Num tenho sorte mesmo.

– Nem tava pensando nisso.

– Eu sei que tu num pensava! Pensa que sou besta? Então por que tu fica assim de papo pra cima olhando pro céu?

– Num tava pensando em nada, já disse.

– Se a gente tivesse entrado hoje. Eu...

– Margarida Papo Amarelo tá te esperando lá.

– Tá doido, diabo!

Chicão riu.

O farol de Alagamar riscava as águas e vinha bater pertinho do iate.

Encostado na amurada, seu Lucas conversava com Mestre Antão!

– ... pois eu acho que compro mesmo. A minha maior vontade era de comprá uma camisa de ri-ri. Porque aquela que eu tinha deu uma xanha danada. Toda veis que eu visto ela, vorta aquela xanha que me deixa zanho. Eu quando comprá outra vai sê de cô azul.

Os olhos de Chicão começaram a se fechar. Ele bem que ouvia o Russo falando ainda e querendo puxar conversa, mas não havia jeito. O sono estava dando com força. Virou-se para o lado e começou a dormir.

Pouco mais, e todo mundo fazia o mesmo. Sete homens dormiam dentro de um iate, dentro da noite, em cima do mar.

E lá em cima, muito mais em cima, São Pedro, que protege os pescadores e também os marinheiros, ficou montando guarda. Fazendo o seu quarto, enquanto Nossa Senhora dos Navegantes descansava.

•••

O iate Ricardo Barreto era o barco mais bonito daquela zona. Nunca as costas do Nordeste viram uma coisa tão bem feita como aquele iate. Era grande, limpo e conservado. Vistoso e de linhas esguias. Possuía ainda uma particularidade, que só era própria das barcaças. Uma cinta quatro palmos abaixo da amurada, que aumentava ainda mais os seus traços de beleza. Todas as suas velas eram brancas. Nem a maresia, nem a água da tempestade, nem o soco salgado do vento forte tinham conseguido amarelecer aquelas asas brancas, que eram as suas velas.

Estava ele agora ali, parado na boca do Rio Açu, esperando que a maré enchesse. Somente a maré, porque agora o vento Nordeste começara a soprar muito antes das dez horas. Quando desse duas horas, os homens desferrariam as velas e o bicho iria atravessando a marcação das boias.

A boca do Rio Açu conhece somente embarcações a vela. Suas águas alisaram a quilha de todas as embarcações que por ali passaram. Mas, às vezes, elas estão de má vontade, essa má vontade, que os homens chamam de maré, mas que não é não. O velho Malaquias, que é o velho mais velho de Macau, garantiu um dia que as águas ficam de má vontade e secam de desgosto por um barco que nunca mais voltou, ou por outro que ficou morando para sempre no fundo bem profundo do mar.

As águas do Rio Açu agora estavam se enchendo de prazer, para receber o iate mais bonito da costa: o Ricardo Barreto.

Enquanto a maré não dava, Bexiguinha, que era mais cozinheiro do que marinheiro, ficava fazendo a boia.

– A carne-seca tá cheirosa, Bexiguinha!

E ele sorria, ostentando o orgulho de ser a bordo o único que fazia uma feijoada e uma carne-seca a contento de todos.

Quando o relógio de Dorcelino marcou duas horas e doze minutos, Mestre Antão ordenou que levantassem as velas. Dessa vez, os homens principiaram a trabalhar satisfeitos. Até o Russo cantava. Não era para menos. Os homens que vêm do mar gostam logo de chegar em terra. Ficar parado entre uma coisa e outra não é para marinheiro. A terra é uma espécie de descanso. Um descanso que cansa logo. Num instante o mar provoca saudades.

A terra tem uma coisa que o mar não tem: a mulher.

Quando as velas estavam prontas, o vento que vinha do mar, o mesmo Nordeste que se cansara delas, ontem, encheu com força os seus ventres. O iate Ricardo Barreto pareceu elevar-se um palmo a mais nas águas. Parou um momento, pegando fôlego, e deslizou suave.

Mestre Antão segurou na roda do leme. Nessa hora, um homem poderia ter o pulso mais forte, mas não o conhecimento que o velho míope possuía da barra. Ele era mesmo piloto. Conhecia de olho e sem necessidade de uso da sonda todos os terrenos do fundo do mar e das bocas das barras.

E ele, que fora criado e vivera bordejando pelo Rio Açu, nesse momento não cedia a roda do leme a ninguém.

Devido ao cuidado dele, o iate se conservava bonito daquele jeito. Depois, por um azar qualquer, a embarcação podia encalhar num daqueles bancos de areia, tão comuns na entrada da barra de Macau... Positivamente, isso era má ideia, quando Mestre Antão sabia de sobra que a família o esperava, impaciente, havia um mês. Por esse tempo saíra de Maceió e só agora estava chegando.

O iate começou a obedecer às ordens das mãos de Mestre Antão. Fazia curva quando ele queria e caminhava para a frente quando ele ordenava.

Foram passando as coroas e as marcações feitas com varas fincadas na areia.

O farol de Alagamar, feio, preto e esquecido, surgia na terra dura, por detrás de um terreno cheio de mangue, caranguejo e lama fedorenta.

Algumas canoas de pescadores ou botes de pescaria passavam perto do iate e pediam notícias de Natal, de Recife e de Maceió.

O iate ia entrando. A cidade de Macau aproximava-se.

Ao longe viam-se as casas. Depois, mais perto, apareceu a rua de frente, o porto com embarcações conhecidas. Lá estavam a Potengi, a Maria Nina e o Dedo de Deus, uma barcaça com fama de maluca, que não respeitava temporal e era muito desabusada. Pertencia a Mestre Damasceno e por diversas vezes tinha sido posta à venda, mas ninguém queria comprá-la.

A cidade agora se escondia por trás de milhares de mastros com velas arriadas.

Antes de fundear, o iate Ricardo Barreto passou pela frente de uma coisa muito triste: o carregamento da água. A água que vem em botes da praia de Barreira e é distribuída miseravelmente pela população. A gente pobre acorrendo sempre àquele ponto, carregando latas de querosene, a paciência no olhar. A falta d'água chega a ser quase a maior miséria de Macau. A maior miséria, porém, está um pouco mais adiante: as salinas.

Brancas. Terríveis. Assassinas. Devoradoras de vidas e de vistas. Criminosas. Ali estão os bicos de sal, que são os seios das salinas, levantando-se de encontro ao céu, quase desafiando a vista de Deus. Porque a vista dos homens se perde logo e não resiste à intensidade de tanta luz. Chicão sorriu. O Russo olhava para ele.

– É. Quando acaba, tu diz que num pensa nela.

– Hoje vai sê uma boa-noite...

O Russo ficou triste. Só ele que não tinha sorte. Que não arrumava uma mulher como Joaninha Maresia. Se ele arranjasse uma como aquela, era até capaz de se casar.

•••

Enquanto isso, Joaninha Maresia foi até o boteco de Dom Miguel comprar um pouco de querosene.

Dom Miguel olhou para ela e adivinhou muito mais, porque já sabia da notícia da chegada do Ricardo Barreto.

– Então, Joaninha, você está satisfeita?
– Nem tanto.
– Pois sim. Vocês as mulheres são assim mesmo. Dizendo sempre o contrário do que sentem no coração.

Ela riu. Recebeu o vidro com o querosene e saiu, carregando vida, graça e mocidade no andar.

Entrou na Rua Caicó e foi para casa.

Colocou a garrafa na cozinha e entrou no quarto.

Sentia-se mesmo muito feliz. Chicão estava de chegada. E que homem!

Agora ela sorria por tudo. As suas mãos mais tarde iriam alisar os cabelos negros e escorridos de Chicão. Depois dos cabelos, desceriam pelas costas e continuariam descendo sempre. Desconhecendo moral, preconceito. Elas queriam era amor. E corpo era corpo. Carne era carne. Amor era gostoso...

Sorria feliz.

Tia Cristina, que fazia renda no quarto, adivinhou coisa.

– Que foi que teve, Joaninha?
– Adivinhe.
– Ele chegou.
– Ele quem?
– Ora quem! O Ricardo Barreto, inhora sim.
– Por isso você tá nessa alegreza?...

– E num havera de está?

Tia Cristina bem que conhecia aquela alegria de Joaninha. Se conhecia. Ela também já fora moça, sacudida e bonita. Também já fizera desejo nos homens. Também já amara um marinheiro que de vez em quando chegava. Depois, os anos vieram. O tempo que estraga tudo o que há de bom na vida! Agora estava velha, dera para rezar e fazer rendas. Para ela, felicidade era espiar os outros serem felizes e recordar, às escondidas, o tempo em que fora moça. Mas guardava segredo daquilo tudo. Muita gente, olhando para a gordura terrível de seu corpo, duvidaria das histórias deliciosas que ela podia contar do passado. Mesmo assim não deixou de suspirar baixinho.

Joaninha chegou-se defronte do espelho.

– Se arrume, menina. Se arrume. Que os homens só gostam da gente quando a gente pode ser bem bonita. Depois...

Joaninha começou a se despir. Ficou apenas de combinação. Uma combinação que quase mostrava tudo. Havia corpo e muito perfume debaixo de tão pouco pano. Um tesouro de carne, escondido por uns pequenos metros de fazenda barata.

A pele cor de mate claro sobressaía no amarelo da combinação.

Suspendeu os braços e principiou a endireitar os cabelos. "Como era mesmo que ele gostava? Repartidos pros lados? Fazendo uma franja? Jogados para trás? Ou divididos no meio?... Nada! Ele gostava de qualquer jeito..."

Súbito foi baixando as mãos. Alisou os seios duros com um enlevo tremendo. Suspirou. Ah! Chicão!

Tia Cristina levantou os olhos com o suspiro e ficou espiando o alisamento que Joaninha fazia nela mesma. E riu. Suas mãos estacaram na almofada de rendas, e falou:

– É, Joaninha! Levante as mãos pro céu. Porque você tem duas tangerinas. Eu sofro tanto com estas minhas jacas!...

Joaninha deu uma gargalhada.

Tia Cristina continuou:

– Você ri agora. Mas quando chegar na minha idade, vai vê só o que é aguentá isso cum tanto calor...

Ia começar a escurecer. Tia Cristina não enxergava mais para fazer renda. Levantou-se dentro da sua gordura enorme e foi colocar um pouco de luz no candeeiro.

Deixou Joaninha se vestindo. Preparando-se com jeito para o seu homem.

Os cabelos foram repartidos mesmo ao meio. Agora faltava um pouco de pó de arroz e duas gotas de extrato aqui. Sim... riu. Estava danada de bonita. Bem digna da cobiça e dos olhares compridos dos homens. Ora, os homens! Juntando todos os que conhecera na vida, eles não formariam um que fosse como Chicão. Saiu do quarto e ficou à porta.

Mestre Damasceno passou, vindo da Praia dos Pescadores, olhou bem nela e comentou:

– Boa tarde para a moça mais bonita de Porto do Roçado! Xi! Cumo ocê está bonita, Joaninha!

– Uai! Eu sempre fui.

– Mas hoje você tá munto mais.

Saiu caminhando com as redes de pesca e uma enfieira de peixe jogada por cima dos ombros...

A noite vinha começando a descer.

Pouco mais, e todos os lampiões ou candeeiros estariam acesos.

Outros homens regressavam da pescaria.

Os salineiros cansados vinham de volta para as suas mulheres e filhos. Esses se cansavam ainda muito mais do que os pescadores e outros marítimos.

Tia Cristina trouxe o candeeiro para a sala. São Pedro apareceu com as chaves na mão na parede dos fundos. Os números grandes da folhinha Bayer surgiram por sobre a cômoda. A parede de pau a pique mostrava pedaços descascados.

Tia Cristina entrou no seu quartinho para rezar o Anjo do Senhor.

Joaninha quis fazer qualquer coisa que disfarçasse a inquietação que a dominava.

Chicão já devia ter vindo. Pois se no dia da chegada eles nunca descarregavam o iate. Deixavam tudo para o dia seguinte. Por que então ele não vinha? Por que demorava tanto? Na certa ele estava vendo algum conhecido. Talvez tomando um trago de caninha em qualquer boteco. Ou, quem sabe, fora comprar algum material no mercado? Podia também estar conversando com pessoas que queriam novidades das terras por onde ele tinha andado...

As horas foram crescendo no relógio da noite, e a inquietação aumentando no peito de Joaninha.

Pelas nove horas, ela foi até a janela, sondou a noite e tomou uma decisão.

Abriu a porta que rangeu. Diminuiu a torcida do lampião e falou para dentro:

– Tia Cristina eu já vórto.

Saiu. A noite, fora, era bem escura. Não estava fazendo frio nem calor.

Joaninha caminhava aborrecida. Quase zangada. Pensando em coisas desagradáveis.

Na certa, Chicão estava em companhia de alguma mulher, no beco das "Quatro Bocas".

O desgraçado deveria estar bebendo cerveja com alguma russa pintada e sem-vergonha. Talvez estivesse na pensão de Margarida Papo Amarelo. Aquela bruxa descarada que era que nem jacaré...

A distância que vai de Porto do Roçado até à rua das mulheres era grande, mas Joaninha nem notou isso.

Chegou ao começo da rua. A rua era uma festa de sexo. Havia pouca luz e muito movimento.

Quando o porto estava cheio de navios, as ruas, aquelas ruas se entulhavam de marítimos.

Eram homens mais ávidos de sexo do que de álcool. Homens em jejum de carne. E com desejo mais forte do que a voracidade da piranha.

Eram homens do mar. Salgados de sal, ardidos de sol. Brutos famintos.

Joaninha viu aquilo e nem ligou. Foi caminhando rua adentro.

Ninguém se metia a besta com ela. Sua fama era conhecida.

Ela era muito boa, mas também era má.

Foi passando no meio deles, indiferente.

Os homens estavam por todos os cantos. Uns, parados nas esquinas. Outros, se debruçando nas janelas das pensões das mulheres. Outros ainda entrando e saindo daquelas casas cheias de barulho, de gargalhadas debochadas e cheiro de álcool. A maioria esperava que as mulheres desocupassem...

Joaninha parou defronte à pensão de Margarida Papo Amarelo.

Afastou uma porção de homens e espiou para dentro da casa.

A porta estava entreaberta. Empurrou mais o corpo para o interior da casa. Havia uma luz muito morta escurecendo o ambiente. Uma luz velha, sensual, como uma caftina que protege os seus interesses.

Nas mesas, onde as toalhas umedecidas de bebida escorregavam para o chão, mulheres se sentavam nos colos dos homens.

E fumavam. E bebiam. E riam perdidamente.

Só faltava uma música langorosa para completar um ambiente assim.

Joaninha quase cuspiu de nojo.

Sua vista fuzilou quando viu Chicão. Chicão estava sentado numa mesa bem igual às outras mesas, com uma mulher bastante igual às outras mulheres. Bem que calculara isso.

Era a tal russa em que ela pensara. Pintada, bêbeda, com uns cabelos vermelhos ondeados à custa de um dia de papelotes e trazendo as coxas brancas à mostra.

Aproximou-se da mesa. Colocou as mãos nos quadris. A mulher se endireitou num instante e afastou-se receosa para a sua cadeira.

Chicão riu para Joaninha.

– Cumo é que vai, beleza?
– Vamo Chicão. Eu vim te buscá!...
– Vai andando que eu vô depois.
– Se tu num vai agora, depois tu num entra em casa...
– Tá certo.

Joaninha virou as costas. Chicão sabia que ela devia estar mesmo furiosa... ou com muita saudade.

Joaninha saiu. Veio voltando para casa. Olhou os homens que cobiçavam a sua mocidade e ficou pensando que o bicho mais seboso do mundo é o homem.

Chicão ainda demorou um pedaço. Depois, meteu a mão no bolso e tirou um monte de notas. Percebeu que os olhos da mulher ao seu lado brilharam com mais intensidade. Pagou a bebida. Levantou-se.

Jogou uma nota de vinte mil-réis para a mulher e saiu. Ele só fora ali para brincar. Nem precisava pagar àquela mulher, porque mal ele acabasse de sair, ela iria se agarrar na certa com outro macho.

Saiu da rua das "Quatro Bocas", que se chamava assim por causa dos quatro becos de prostituição que ali se encontravam, e caminhou para o lado de Porto do Roçado.

Deixou para trás os homens que vieram do mar, famintos de sexo.

Os homens do mar, que queriam carne, porque os homens do mar são assim mesmo.

Capítulo Segundo

AMOR

Os homens do mar são assim mesmo. Costas largas. Braços grossos. Cor queimada. Riso franco. Coragem para briga. Amor para as mulheres. Bebida na boca e na alma também. Mas eles ainda têm muito mais coisa. Balançam quando andam, porque trazem consigo um pouco do mar que ficou lá no mar. As calças são justas. O peito, que é forte, se esconde debaixo de uma camisa de malha riscada ou de xadrezinho barato. Nas mãos trazem calos e o sol vem na pele. No cinto, a peixeira esperando por briga.

Chicão trazia tudo isso porque era homem do mar e os homens do mar são assim mesmo.

Agora, ele vinha pensando. Pensando em Joaninha. No bolso do paletó de brim, tinha um presente que comprara para ela nas lojas de Natal. Apertou o bolso do paletó jogado sobre o ombro esquerdo e sorriu satisfeito porque o presente estava ali. Sabia que Joaninha se zangara com "oidio" mesmo. E ela precisava se acalmar.

Claro que gostava dela, com toda a fidelidade possível de um marinheiro. Todo marítimo tem uma mulher em cada porto. Mas num dado porto, é dono de uma mulher de que gosta mais. Joaninha era assim para ele.

E bem que merecia. Era sua há muito tempo. Chamavam-na de Maresia porque Joaninha corrompia os desejos como a maresia que o mar cospe para a terra. Joaninha tinha gosto de sal. Gosto de sal por todo o corpo. Por toda a parte. Os seios duros levantavam-se como pirâmides de sal. E o bico moreno, bem moreno, guardava o gosto mais salgado.

Chicão sorria. A noite seria sua. A noite que sempre foi feita para se fazer o amor, para se pensar no amor. Os homens do mar pensam assim mesmo.

Até que chegou defronte à casa. A porta encontrava-se fechada. Por dentro a luz não estava acesa.

Sim, fechada, mas bastava um pequeno empurrão de qualquer um dos seus ombros e ela cederia. Mesmo que estragasse a fechadura, ele colocaria uma cadeira encostada na porta para passar a noite e depois, no dia seguinte, a trocaria.

Foi o que fez. A fechadura deu um pequeno estalo e cedeu. Chicão entrou. Acendeu um fósforo. Aproximou-se do lampião, torceu a torcida e a sala clareou. Espiou com saudade para o mesmo retrato de São Pedro e sorriu. Os homens do mar gostam de sorrir para o retrato de São Pedro.

Tia Cristina de dentro do quarto estava ouvindo tudo. Esperava que fosse, tinha certeza de que ia acontecer muita coisa naquela noite. Era tão bom escutar.

Por isso ela ouviu que Chicão tinha sede. Porque a caneca se mexeu dentro da bilha e a água pingou no chão.

Depois, ele bateu na porta de Joaninha, que também estava fechada.

Aí, tia Cristina abriu mais os ouvidos.

Chicão na certa iria perder a paciência e arrombaria a porta.

Foi o que fez.

Arremessou um dos ombros contra a porta. Hoje parece que ele tinha que arrombar tudo.

Entrou. Joaninha levantou-se furiosa:
– Fora daqui, condenado!
Mas ele nem ligou. Tirou a camisa na bruta calma e sorriu para ela. Olhou aquele corpo moreno que arfava de indignação debaixo dos dois metros de combinação de fazenda barata. Ela estava pensando que ele ia perder tudo aquilo só porque estivera sentado junto de uma mulher para matar a sede com duas cervejas? Joaninha tinha que compreender que os homens, quando vêm do mar, trazem o gosto de maré na boca e que só a cerveja pode tirar esse gosto. Ele tivera necessidade de lavar a boca. Por isso bebera com aquela mulher.

Também não era tão porco assim! Sabia que Joaninha estava pensando que ele andara com a rapariga e agora vinha se limpar nela.

Mas não era isso. Embora ela não compreendesse, ele não ia perder aquela noite por que tanto esperara.

Joaninha avançou para ele como uma gata enfurecida. Pior que tubarão quando rompe em rede de camarão.
– Vai-te embora, Satanás!
– Num seja besta, Joaninha. Eu vim e vô ficá.
– Aqui é que tu num fica.
– Eu vô é durmi aqui.
– Vá durmi noutro canto, nojento. Não aqui.
– Óia, Joaninha. Eu já disse que vô durmi aqui.

Aproximou-se dela. Ela avançou com unhas e dentes para ele. Queria esbofeteá-lo. Arranhá-lo. Mas ele segurou-lhe os pulsos e riu.
– Num seja besta, Joaninha.

Havia uma ternura imensa na voz de Chicão. Aquilo era uma espécie de pedido de desculpa.

Mas Joaninha não compreendeu. Bem que ela sentia isso. Era mulher como outra qualquer e no momento seu orgulho ferido não queria compreender coisa alguma.

Só se lembrava que Chicão preferira uma mulher à toa, em vez de voltar com ela.

– Chicão, vai embora pur amor de Deus e Santa Luzia. Vai embora, senão eu ainda te mato.

Mas ele não foi, nem soltou os seus braços. Então as lágrimas começaram a descer pelos olhos castanhos dela. Chorava, já que não podia mais dizer desaforos.

Chicão teve pena e foi afrouxando as mãos. Joaninha deu um arranco e soltou-se. Rapidamente sua mão direita atravessou o corpo de Chicão por debaixo do braço e apanhou a peixeira. Afastou-se dele e riu. Riu com o rosto todo molhado de lágrimas.

A lâmina brilhava com a pouca luz do candeeiro.

– Guarde isso, Joaninha. Isso é ruim.

– Vai embora, Chicão.

– Eu já te disse que num vô não.

– Eu te mato, Chicão.

– Vem cá.

Mas foi ele que avançou para ela.

– Eu já tou me zangando!

Joaninha se afastou mais para o canto da parede.

Ele continuou a avançar. Disfarçou a vista e fingiu espanto. Apontou o dedo para o pé da cama:

– Óia uma barata, Joaninha.

– Num seja besta, Chicão. Isso num pega mais. Vai embora.

– Óia, Joaninha. Eu num vô mesmo. Porque se eu fosse nunca mais que vinha. Por isso a gente...

Antes de terminar com a frase, saltou em cima de Joaninha. A faca passou ligeira e ainda feriu a pele do seu braço esquerdo.

Ele não se incomodou. Os homens do mar são assim mesmo.

Apertou o pulso da moça até a faca tombar no chão. Tia Cristina, do seu quarto, nem respirava para ouvir melhor.

Numa hora dessas ela nem se lembrava de rezar. Que diabo! Ela também já fora moça e bonita.

Então Chicão perdeu a paciência. Tomou Joaninha nos braços e jogou-a em cima da cama.

Ela estrebuchou a princípio. Mas depois perdeu as forças. Era uma vez uma combinação de dois metros de fazenda barata.

Chicão amava com toda a saudade que o mar lhe tinha trazido.

Joaninha sentiu-se muito feliz. As lágrimas foram secando.

Suas mãos deixaram de arranhar para percorrerem as costas queimadas de Chicão.

Aquilo era amor.

Depois de algum tempo, Chicão foi se virando para o outro lado. Estava cansado. Cansado dos dias em que trabalhava a bordo, carregando fardos, descarregando sacos, nos portos do Nordeste. Cansado do trabalho e satisfeito agora do amor. Os olhos iam se fechando.

Joaninha, a seu lado, já tinha perdoado tudo e olhava o seu homem que agora ia começar a dormir como se fosse uma criança. Alisou os seus cabelos negros e escorridos. As suas mãos estavam com saudade daqueles cabelos. Chicão abriu os olhos e sorriu. Sua mão descaiu no chão e foi tateando em busca de alguma coisa. Afinal achou. Era a peixeira. Suspendeu a mão. Entregou a faca para Joaninha.

Riu com os dentes muito brancos. Encostou a faca nos seios duros de Joaninha e falou quase sem voz:

– Agora me mate se quisé...

Virou as costas para ela e adormeceu.

Mas ela não matou, não...

Capítulo Terceiro

MACAU

Quando era ainda bem cedo, Chicão abriu os olhos. A claridade se entranhava pelo teto, por entre as frinchas das telhas.

Espreguiçou-se, virou para o lado e deu com Joaninha Maresia espiando para ele. Ela estava rindo muito.

– Pensei que você fosse ficá zangada!

– Tu num presta mesmo. Mas a gente é besta. Mulher é assim mesmo.

Alisou as mãos dela.

– Eu num gosto de outra mulhé, Joaninha. Se fui lá, foi por bobage.

– Isso é purquê você num tava mesmo cum muita saudade.

– Tava sim. Num me esqueci nem um tico de você.

Levantou-se. Apanhou um embrulho, o mesmo embrulho que ele trazia na véspera com tanto cuidado. Tirou-o de dentro do bolso do paletó. Foi desembrulhando devagar. Joaninha se aproximou curiosa.

– Que é isso?

– É pr'ocê.

Os olhos de Joaninha brilharam. Sua boca se abriu num sorriso.

– Que buniteza, Chicão!

Eram dois brincos de enfeite que Chicão tinha comprado numa loja de Natal.

– Deixa eu botá nos seus ouvido.

Ela aproximou-se dele. Encostou ao alcance de suas mãos. Ele colocou o primeiro. Ela virou-se, mostrando a outra orelha. Ele deitou-se na cama e foi esperar que ela lhe agradecesse. Joaninha compreendeu. Atirou-se sobre Chicão. Beijou-o de todo jeito.

– Você é tão bom, Chicão. Num posso nem guardá oidio de você.

Começaram a fazer xenhenhém. O gostoso do amor é o xenhenhém. É o máximo da carícia de duas pessoas que se gostam.

– Eu vô comprá mais um vestido para ocê, Joaninha.

– De que cô?

– Você gosta de um de cô de jerimum?

– Não, Chicão. Cô de jerimum é uso de beradera. Você acha que eu sô beradera?

– Então eu compro um da cô de azeitona.

– Também num quero. Parece ropa de Nosso Senhô dos Passo.

– E um verde cô de mar?

– Num serve. Eu quero um que num seja verde. Eu fico muito preta cum essa cô.

– Xi! Tú tás é ficando muito cheia de moda. Assim num sei que vestido compro pr'ocê... Entonce de que cô? Que é que você vai querê?

– Eu?...

E riu maliciosamente.

– Agora eu quero...

Chicão estava compreendendo agora. Joaninha queria era xenhenhém...
– Mas eu tenho que trabaiá na descarga do iate.
– Só um bocadinho, Chicão.
Ele acedeu. Os homens do mar sabem que o melhor do amor é o xenhenhém...

Mais tarde, bem pelas oito horas, Chicão levantou-se para descarregar o iate. Joaninha já estava na cozinha acendendo o fogo para fritar dois avoadô para comerem com pirão de farinha e molho de coco. Voador é comida de pobre. Todo mundo sabe disso. Chicão saiu. Foi andando. O dia estava claríssimo. Muita luz.

Aquilo ali era Macau. Muita luz. Uma luz que amedronta os olhos, fazendo com que eles quase se fechem. O dia ia ser muito quente. Os homens desde cedo tinham se dirigido para o lado das salinas. Os pescadores, desde a madrugada, tinham se largado para o lado do mar.

Gente ia e vinha. Mulheres lavavam roupa na Praia dos Pescadores.

Outros homens transportavam mangue por dentro do braço do rio, para dar de comer ao gado. Muitos velhos que não tinham coragem nem forças para enfrentar um dia de sol no mar ficavam ali, sentados nas praias, consertando as redes que foram avariadas. Rostos de bronze, retalhados de rugas. Rugas que surgiram da luta contra a vida e contra o sol. Rosto cor de bronze contrastando com o alvor das barbas brancas. Os olhos desses homens viram muito a vida. As bocas desses homens conhecem e contam muitas histórias de beira de praia, de marés, de vento e de peixes.

Essa parte era Macau. Uma parte diferente, mas também considerada como cidade de Macau.

Ali ficava o lado mais pobre da vida das salinas. Porto do Roçado.

Dizia o velho Malaquias, que era o velho mais velho de toda a cidade e da Praia dos Pescadores, que ali se chama Porto do Roçado, porque antigamente fora feito um grande plantio naquelas redondezas. E hoje, apesar da estranha aversão que os homens de Macau têm pelo cultivo da terra, aquilo ainda é chamado de Porto do Roçado.

Chicão caminhava. Vinha feliz. Ainda cheio das doces recordações do xenhenhém da noite e da manhã.

Sentiu que algo fazia festa nas suas pernas. Olhou para baixo e viu Leão, o cachorro de bordo, que era muito macho e muito zanho.

– Tás contente, Leão?

O cão abanou a cauda.

– Parece que você passô a noite cumo a que Chicão passô, num é?

O cão abanou a cauda inda mais.

– Cadê o Russo?

Leão nunca andava sem o Russo. Logo o Russo gritou por Chicão e saiu de uma venda. Vinha com o olho azul, muito apertado.

– Bom dia, Russo.

O outro resmungou uma resposta.

– Que diacho de cara é essa?

– Nada.

– Parece inté que você num encontrô...

– Pois foi.

O Russo estava muito aborrecido. Passara a noite atrás de uma mulher e nada sobrara para ele.

– Você tem muita sorte, Chicão...

Chicão achou graça e perguntou de brincadeira:

– ...E Margarida Papo Amarelo?...

– Fui lá, mas...

– Ela estava?...

– Estava sim. Disse que não podia.

Chicão ficou com pena do amigo. O Russo, que só sabia falar de mulheres. Que fazia delas o seu assunto principal quando pensava. Deveria estar mesmo desesperado. Mudou de assunto:
— Mestre Antão vai começar a descarregá hoje mesmo?
— Vai. E nóis vai chegá bem na hora.
Entraram na Rua da Frente. Leão caminhava ao lado. O porto se encontrava coalhado de navios, de embarcações a vela. Uns, vinham bordejando porto, outras, desfraldavam as velas em caminho da partida.

A toda hora, chegavam botes trazendo água para a população. Água que vinha da praia de Barreira. Uma multidão de mulheres sujas, suadas, queimadas, de peitos caídos e rugas nas mãos e no rosto se acercava dos botes para receber seu quinhão. Meninos e molecotes faziam o mesmo. Até os velhos que não se largavam mais para o mar vinham ali, em busca de água.

Macau: cães, moleque e sal. Macau: falta d'água, maxixe e pobreza.

Todo mundo que conhece as costas do Nordeste sabe disso. Essas são as estrofes mais repetidas do abc da cidade. Um abc repleto de misérias, esquecido pelas compensações. Um lugar onde a prefeitura paupérrima tenta fazer alguma coisa e, muitas vezes, faz.

Foi então que Chicão ouviu a velha Soia cantando. Quem não conhece, no Norte, a lenda da soia?

Dizem que a soia era um peixe bem bonito antigamente, mas também muito atrevido.

Certo dia, Nossa Senhora queria atravessar a maré. Olhou as águas e perguntou:
— Soia, a maré enche ou vaza?

A soia atrevida revirou os olhos e caçoou de Nossa Senhora, falando com voz fanhosa:
— Soia, a maré enche ou vaza?

Então, por castigo, os seus olhos ficaram do mesmo lado e sua boca permaneceu torta para sempre. Quando nada, não possui a mesma elegância de outrora. É um peixinho humilde e infeliz. Foi castigo.

Mas a soia que Chicão ouvia não era propriamente aquela. Era outra. Uma velha que emigrara da cidade de Natal e aparecia ali vendendo ervas do sertão. Ervas que curavam tudo. Um samburá enorme na cabeça, de onde pendiam raízes, folhas de mato e cascas de árvore. Era a velha Soia que todos conheciam. Torta, enrugada, com as pernas secas; causava espanto aguentar um peso tão grande na cabeça. Os olhos miúdos tinham uma luz sem vida. Uma luz impressionantemente desbotada de olhos de moribundos. O rosto chupado em forma de castanha de caju. E um cabelo sujo, quase incolor, que terminava num coque magro, atrás da cabeça.

A velha Soia tinha uma voz toda sua. Igual, pitoresca e musicada, era a sua cantilena de aspecto nativo. A boca sem dentes se abria e da garganta ressecada surgia uma voz quente, repercutindo por todos os cantos do dia branco, excessivamente branco, de Macau:

Comprá	*Catingueiro*
Juá	*Mameleiro*
Jucá...	*Cumaru...*
Quina-quina	*Mulungu*
Angélica	*Simente-de-Imbira...*
Mutamba...	*Amesca*
Angico	*Papaconha...*
Pinhão	*Contra-erva*
Pimenta	*Velame...*
Limão...	*Mussambê*
Sodoro	*Cabeça-de-nego...*

Batata-de-purga   *e*
Goma   *Cuentro...*
Tipi-catucá

Parava a cantilena e olhava em volta. A velha vendia saúde com as ervas do sertão.
– Quem qué compra saúde?
Todo mundo comprava. O freguês chegava perto da velha e perguntava:
– Ei, madrinha, a senhora tem aí batata-de-purga?...
Ela recomeçava a cantilena e quando chegava em batata--de-purga parava.
– Tenho sim.
E se por acaso já estivesse no meio da ladainha e o freguês pedisse uma erva do começo, a velha, numa calma absoluta, terminava tudo e recomeçava para parar no local da erva desejada. Era assim a velha Soia. Cada parada que fazia olhava em volta em busca dos fregueses. As paradas caíam certas sempre nas mesmas ervas. O compasso era sempre igual, porque aquela música era toda sua. Era a música da sua vida. Chicão olhou a velha que se perdia dentro do dia excessivamente branco de Macau. A excessividade de luz de Macau tem um tom eterno. Agora, ao longe, só se via aquela silhueta estranha: umas pernas finas, um balaio enorme em cima da cabeça e a voz que repercutia quase apagada, sumindo no fim da rua...

Sodoro
Catinguei...ro
Mame...lei...ro
Cuma...r...u.

A velha Soia sumiu. Chicão ficou com os olhos cheios d'água.

Sodoro, catingueiro, velame, angico, cumaru... Sertão... Terra seca... Mas Chicão não se queria lembrar disso... Mestre Antão falou pra ele:

– Cumo é Chicão? Vamo pega no duro?

Arrancou a camisa e deu as costas largas para o sol. Começaram a descarga do iate. Jogavam os fardos, os sacos sobre os ombros e desciam para a terra por uma prancha. A água do Rio Açu ficava ali espiando tudo. Refletindo o corpo dos homens musculosos vergarem sobre sacos de sessenta quilos. Ficava olhando aqueles guindastes humanos remexendo os músculos e, às vezes, recebendo pingos de suor, que caindo dos corpos, vinham se misturar com as suas águas puras. Depois, quando as águas se cansavam, mudavam de lugar e iam descendo para o lado das salinas, entravam pelos caminhos de sal, andavam nos tanques. Iam ver uma vida terrível. Outros homens mais infelizes dos que os que carregavam peso nas costas. Eram os homens do sal. Então, elas refletiam uma paisagem diferente. Picos brancos de sal, pirâmides duras de sal e também vidas brancas, inexpressivamente brancas, de homens que, no entanto, tinham na pele a cor que o sol bronzeou...

Ao longe, os moinhos puxando as águas para dentro das salinas ouviam canções uivantes dos ventos, soprando nas suas pás...

Aquilo também era Macau...

Capítulo Quarto

A FESTA

Margarida estava toda assanhada. Margarida Papo Amarelo, como era conhecida na rua das quatro bocas. Na rua dos sete pecados e mais algumas safadezas.

Estava contente porque amanhã seria o dia de Santa Luzia. 13 de dezembro. Dia de festa. Os iates vinham chegando em massa. O porto estava cheio de velas amarradas, sinal de muito homem em terra. Era daquilo que ela e suas filhinhas precisavam. Homens. Os homens que vinham do mar e traziam dinheiro.

Todo mundo da beira da praia tem uma história. E a história de Margarida Papo Amarelo era comprida e viajada.

Naturalmente ela fantasiava a sua com ligeiras pinceladas românticas. E no momento de contar as tais pinceladas, punha um tom comovente na voz e revirava os olhos enormes de uma maneira convincente, fazendo-os girar dentro das pálpebras empapuçadas como gema de ovo boiando na clara. Viera de Trás-os-Montes. Casara-se com um brasileiro (nesse ponto ela olhava os circundantes de um modo como se dissesse: "Ah! Os brasileiros, os culpados da triste sorte, do cruel fado da meiga Margarida!") e viera para o Brasil. Mas seu marido não queria nada com o trabalho honesto. Era malandro debaixo de toda a luz do dia e por cima de toda a escuridão da noite. Um dia, a polícia o levou. E o cárcere frio do inverno e o cheiro abafado da masmorra úmida transferiram-no para o outro mundo. Aí, fazia uma pausa e gritava para os ouvintes: "E que o diabo o tenha lá nas profundezas do inferno! O canalha!"

Então, lutara muito pela vida. Pobre, viúva, desamparada e sem um cruzado de montepio. Sofrendo. Arranjou emprego num hospital. Trabalhou três anos. Propriamente não trabalhou. Parece que Margarida adquiriu toda a preguiça brasileira do marido e toda a gordura da banha portuguesa. Mas mesmo assim três anos se passaram para descobrirem que ela embromava o tempo todo e se inimizava com todo mundo. E que língua! Que velocidade no palavreado! Ninguém lhe ganhava. Era terrível. A porta da rua da vida se abriu de novo para ela e sentiu-se só, completamente só e desamparada num mundo que parecia tão grande. Voltar para Portugal? Mas como? Voltar com a vida manchada daquele jeito? Não. Nunca. Preferia morrer. Lutaria ainda. Afinal ela não era tão velha assim. E foi por isso que apareceu na sua vida um sargento do corpo de bombeiros. Depois... o verdureiro da esquina... E para que falar mal da vida alheia? Mesmo assim, falando o mínimo, uma multidão de homens, cada um por sua vez, veio comprovar que realmente Margarida não era tão velha assim.

E ela acabou como toda estrangeira sem emprego e sem carteira profissional, nas ruas do Mangue. Caranguejo. Caranguejola. Tudo que começava por C. Afinal, caftina. E que jeitão que tinha para isso! E como tal, trabalhava bem. Se não trabalhava, pelo menos, produzia a contento. Claro que brigou com meio mundo. Deixou muito macho de olho roxo e muita mulher sem cabelo. Não levava desaforo para dentro do seu quarto sem pancada que não fosse desforrada.

De repente, rebentou no Mangue o grito da última moda. Era *chic* emigrar para o Norte. Lá, segundo contavam as várias versões, os homens eram machos pra burro e qualquer mulher se enchia de ouro. Todas as grandes pensões prostibulares eram de proprietárias do Sul. E estavam ricas. Porque sem dúvida, nesse gênero, as mulheres sulistas sempre tiveram muito mais traquejo social e bossa para o ramo.

Um dia, empunhando duas trouxas e mais alguns cacarecos, Margarida partiu. Era uma terceira trouxa no meio de duas outras. Enfrentou, infatigável, uma terceira classe de um velho navio da Lloyd e, por uma manhã poeirenta, chegou a Recife.

Aí, ao contrário do que se dizia, caftinas sobravam. Se ela fosse uma mulher nova... Mas já que estava ali, tinha que se defender. Correu outro boato que se ela fosse para Natal... Foi. O mesmo cenário. Para encurtar a história de uma velha prostituta dentro dessa vida colorida que o bom Deus nos deu, acabou parando em Macau.

Aí, fez finca-pé. Não sairia mais. A vida se passava e ela teria de ter um ponto de segurança para uma velhice que merecia ser descansada. Para tal, nada melhor do que um porto. Ficou ancorada ali.

Agora possuía a melhor pensão de mulheres de Macau. Lutara muito. Brigara. Dera pancada. Atracara-se com homens queimados de sol. Mas tinha as suas filhinhas. Trazia o seu rebanho num terrível cortado. Se fosse preciso ajeitar uma a seu modo, proporcionava grossas surras. Dizia tremendos palavrões. Apertava o gasnete e, ou a menina endireitava, ou pé na bunda.

O tempo, que masculiniza as mulheres que atravessam os quarenta anos, trouxe-lhe mais uns bons quilos de banha.

Um buço forte delineou-se sobre os seus lábios. O papo cresceu para muito mais. E com a força colorante do sol do trópico, o branco europeu da velha caftina adquiriu uma tonalidade baça e amarelada.

Era de fazer medo. Mas diziam que tinha bom coração. Ninguém tirava leite com espuma com ela. Sim, porque era pior do que uma fera. Um jacaré. Jacaré de lagoa de papo amarelo. Alguém achou qualquer semelhança entre o papo do jacaré e o de Margarida. Para ligar as duas coisas, foi um segundo. Pegou o apelido a ponto de que, se alguém mencionasse Margarida sem o acréscimo do Papo Amarelo, ninguém saberia quem era.

Aquela mesma Margarida aventurava-se agora toda assanhada. Amanhã seria dia de Santa Luzia. Ia ter festa. Coroariam a rainha do Clube Estrela do Progresso de Porto do Roçado. Haveria dança. Hoje a feira estaria movimentadíssima. Em resumo, homem à beça.

Precisava dar um jeito decente na casa para que, quando os homens viessem, estivesse tudo arranjado. Os homens apreciam uma casa bem arrumada. Pelo menos gostam de ter essa primeira impressão. Depois, são os primeiros a fazer bagunça.

Chamou as meninas e olhou-as bem. Examinando detalhe por detalhe.

– Você, Belinha, precisa levantar os cabelos para cima. Os homens, como você sabe, têm um fraco especial pelas suas orelhas e seu cangote!

– Xi! Marieta, você precisa é de dormir mais um pouco e de noite usar mais pó de arroz para disfarçar essas olheiras...

– Chininha, venha cá. Mas escute: você com vinte e dois anos! Nessa idade e com os peitos batendo no joelho. A idade em que uma mulher fica vaca-leiteira é a minha. Mas você tem vinte e dois anos. Suspenda esses troços que os homens não são bezerros...

– Carlota. Sim, tás em ponto de bala!...
– Tadinha de Lili! Você precisa trabalhar menos. Tás muito magrinha...

Feita a vistoria, voltou aos seus serviços. Aquelas meninas eram uns anjos. Pagavam a pensão de morada e ainda davam dez por cento dos michês.

Enquanto preparava o banho de bacia com cuia de coité, trazia uma toalha e um sabonete *Lever, a marca das estrelas*, e pensava nessas coisas. Hoje estava calma. Ia ter boa renda. Lucro bom. Os homens viriam na certa. Para isso, sua pensão era a mais distinta de Macau. Conhecida por sua limpeza e higiene. Pelas mulheres boas que ela arranjava. Não era toda mulher que entrava na casa de Margarida. Ela escolhia muito e exigia ainda mais. Preta não entrava. Mulher com marca de ferida na perna, também não. Magra e anêmica, nem aparecesse. Muitas vezes, elas apareciam com esses requisitos, oferecendo maior pagamento, mas levavam um fora quase que impiedoso. Ela só queria coisas perfeitas. Mais que perfeitas. Sendo a sua pensão a melhor de Macau, faria todo o possível para que fosse conservado o bom nome...

Entrou na bacia. A maré encheu e a água quase transbordou. Então, os pensamentos de Margarida tomaram um rumo diferente. Amanhã era dia de Santa Luzia. Santa Luzia que protegia os olhos dos pescadores e dos homens das salinas. Nas beiras de praia de todo Nordeste os homens eram crentes fervorosos de Santa Luzia. Amanhã, Margarida iria até à igreja para rezar uma porção de preces e acender uma vela bem grande para a santa, a fim de que seus olhos fossem sempre protegidos. Era tão triste ser cego. Muitos homens que se esqueciam de rezar para Santa Luzia e que trabalhavam nas salinas tinham ficado com a vista tremendo para sempre.

Quando fosse de noite, os homens que trabalhavam nas pirâmides de sal e que, na maioria, eram gente que viera do sertão, fugindo da seca, iam fazer a sorte do tempo. Aqueles homens viviam ali, só com o corpo, mas as suas saudades passeavam pelos campos do sertão. Do sertão quando era verde. Todo verde. Do sertão adquirindo totalmente a cor das quixabeiras e dos juazeiros. Eles então trariam pequenas pedras de sal do mesmo tamanho. Eram doze pedaços de sal. Uma pedrinha para cada mês do ano. Colocariam as mesmas sobre uma folha de bananeira ou mesmo de um jornal e deixariam no sereno. Era para a lenda de Santa Luzia. E o coração do sertanejo se abria numa fé ardente em uma noite de expectativa.

No dia seguinte olhariam as pedras do sal. Aquelas que o orvalho da noite tivesse desmanchado anunciavam que o mês ia ser bom.

Aquilo não falhava nunca.

Nos anos da seca, da terrível seca que devastava impiedosamente o sertão, nunca a noite, a véspera de Santa Luzia, tinha falhado. As pedras apareciam do mesmo modo que eram colocadas. E os sertanejos ficavam com os olhos cheios d'água. O homem do sertão, preso às salinas, preso à escravidão do corpo, essa escravidão diferente da vida livre e incerta do sertão, fazia a sorte de Santa Luzia, num desejo de cordialidade para os que ainda viviam da ingratidão da terra. Para que os outros fossem felizes, já que eles não poderiam ser. Choravam quando Santa Luzia indicava que ia haver seca.

Margarida Papo Amarelo saiu do banho. Enxugou o corpo. Começou a se vestir. Penteou-se. Arrepiou os cabelos que eram quase negros à custa de *Juventude Alexandre*[1]. Jogou sobre o corpo um vestido verde. Um verde-perereca. E saiu.

---

1. Juventude Alexandre é a marca portuguesa de um famoso tônico capilar da década de 1920.

Margarida Papo Amarelo num vestido verde-perereca, numa demonstração de patriotismo brasileiro, passou pela sala e falou para as meninas:
– Filhinhas, ajeitem-se. Ajeitem-se que hoje vai ser um grande dia.
– Cumo a senhora tá linda, Nhá Margarida!
– Oi xentes! Eu sempre fui, meninas.
– Mas hoje tá muito mais!
Ela riu. Olhou ternamente para as mulheres.
– Vou até à feira. Encomendarei mais cerveja. Vou dar uma espiada lá e fazer uns convites agradáveis. Até mais ver, meninas.
Lá fora o dia estava de uma claridade terrível. Todos os dias de Macau eram iguais. Muita luz. Uma luz que fere a vista. Muito sol. Um sol que bronzeia. Até queima o coração. Insensivelmente, a vista se confrange dentro das sobrancelhas. O rosto se enruga. E aquele sol lá em cima, amarelo, constante e indiferente, se derrama como chumbo derretido, dentro do dia e da vida.
Margarida encaminhava-se para a feira de Porto do Roçado. Sabia que lá se reuniam todos os marítimos. Todos os homens que chegavam do mar para a festa de Santa Luzia.
A feira fervia de gente.
A velha Soia apareceu com o cesto na cabeça e se postou numa das extremidades, para vender. Sentou o samburá sobre a areia branca e começou a espalhar as ervas que curavam no pedaço de lona estendido. Ficava num lugar bem à vista, para negociar as suas panaceias. Então, quem não tinha saúde se aproximava para comprar o remédio e ficar logo são.
De vez em quando, levantava a cabeça para espiar o povo que passava.
– Bom dia, madrinha.
Ela respondia. Tornava a levantar os olhos em direção ao povo e dessa vez cantava com aquela voz de quase oitenta anos:

*Comprá
Juá
Jucá...
Quina-quina
Angélica
Mutamba...*

A voz estridente enchendo toda a feira parecia se confundir com a luminosidade do sol, lá em cima.

As tendas de compra estavam armadas. Gente entrava, trazendo burros carregados de louça de barro. Fazendas de chita barata, de cores berrantes, penduradas nas barracas, balançavam ao vento. Gente carregando milhares de quinquilharias.

Seu Adriano estava ali, com os candeeiros fabricados com lâmpadas queimadas e cujos pés eram pintados de verde-abacate. As vozes se misturavam como o povo.

– Feijão-mulatinho, três cruzados o litro!
– Farinha de goma, de graça, freguesa!
– Óia a boa tapioca!
– Quem qué comprá urupema com fibra do sertão?
– Tem rede de tucum que veio do Ceará. Tem tamém renda, mocinha. Renda que faiz noiva ficá bunita que nem retrato de santa!

E a mão esguia da moça entrava dentro da renda e via a sua finura, à luz do sol.

E a mão do salineiro se enfiava dentro da saca de feijão para ver se estava bichado.

Sacas enroladas, de beiços enrolados como boca de ferida, iam se esvaziando.

– Óia o papagaio!
– Quem qué tirá sorte com cigana?
– *Madapulão* para lençó!
– Jerimum! Óia o jerimum! Jerimum-caboco pra tomá cum leite!

– É treis cruzado, sá dona. É de graça. Quem comprá leva uma ventarola de abano.

E as beradeiras passavam, com as tranças amarradas e o cabelo perfumado com óleo de juá, que escorria derretido pelo sol de fogo.

Os tabuleiros do caipira e do caipora funcionavam.

– Jogo, minha gente! Jogo!

Jogo é obra
O calango atrás da cobra
O menino fica doido
Quando vê jogo e num joga...

– Duzentos réis no seis!
– Um cruzado no dois!
– Feito!... Deeeeu o... o... três. Ninguém jogou!

Gente passando, esbarrando em tudo. Encontrões. Os policiais de farda amarela doidos pra que se desse um chamego e grudassem um pro xilindró.

Margarida passou perto de uma barraca.

– Eta, Margarida Papo Amarelo!

Ela parou. Virou-se e já ia xingar a mãe do fresco, quando deu de cara com Chicão.

– Ai! Peste dos diabos!
– Venha cá, fulô, venha tomá um trago mais eu.

Puxou Margarida para perto e deu-lhe umas pancadinhas nos ombros.

– Tás é bunita. Parece um cuscuz! Bota dois dedo de lambida pra ela, Seu Gabriel.

Margarida emborcou os dois dedos de pinga, deu um estalo na língua e seus olhos brilharam.

– Mais um dedinho?
– Tú tá besta, satanás! Chicão! Eta pedaço de home! Quando é que você vorta na minha casa?

Chicão deu uma gargalhada!
– Num chega o que aconteceu onte?
– Apanhaste muito, desgraçado?
Dizia aquilo porque bem que podia adivinhar o que se passara entre ele e Joaninha Maresia. Olhou os braços musculosos e fortes de Chicão e quase sentiu saudades do tempo que era moça.
– Apanhei pra burro, mas depois dei-lhe uma bruta *cipigoitada*. Era isso que ela queria mesmo.
– Ora se era. Mulher quando tem xodó por um homem é pior do que "quem cutuca o cão com vara curta"!
– Mas a gente sabe logo o que elas qué e cura logo as ingrísia.
De repente, Margarida Papo Amarelo fixou a vista num lugar, e seus olhos se iluminaram de maldade. Os olhos do rapaz foram acompanhando aquele movimento, até chegarem aonde ela queria que eles chegassem.
Chicão prendeu a respiração.
Defronte, de braços cruzados, a menos de cinco metros, estava Fabiano.
Sim, Fabiano, o rei da queda de braço. O homem mais forte que andava pelos portos do Nordeste. Na sua cintura, em lugar de destaque, se encontrava ainda a faca de cabo de chifre com uns desenhos gravados a fogo. Aquela faca que vinha passando de mão em mão, pela mão do tempo, para todos os campeões da queda de braço.
Há cinco anos que pertencia a Fabiano. Há muitos anos que ninguém o queria desafiar, porque quem desafiasse o rei da queda de braço tinha que aceitar as suas condições. Todo mundo sabia disso e não queria ficar marcado para o resto da vida por causa de uma imprudência.
Chicão alisou a mão direita e viu o calombo feito pela brasa, que há muitos anos deixara uma brecha ali. Teve a impressão de que a dor da queimadura viera de novo. Mas a

queimadura maior era a outra. A derrota sofrida. A humilhação de ter desafiado o rei da queda de braço e ter apanhado daquele jeito. Ficou com um despeito terrível que lhe recordava a todo momento a frase de Fabiano: "Agora, menino, tu aprende a num desacatá os home!..."

Jurou pela dor da queimadura que haveria de vingar-se. Que haveria de ser o rei da queda de braço, de ostentar na cintura, por muitos anos, a faca de cabo de chifre. Os olhos se molharam, mas não de dor e sim de raiva.

Tinha sido a mesma Margarida Papo Amarelo, que agora estava a seu lado, que pusera bosta fresca de gado sobre a queimadura, para não dar infecção.

Chicão falou para Margarida:

– Sei que tu tá vendo, cão! Sei que tu tá pensando! Tu sabe o que eu vô fazê? Vou queimá isso de novo – e mostrou a cicatriz escura. Nem que perca essa mão cum *gren-gren*, mas aquele danado me paga.

Encaminhou-se para Fabiano. Seus olhos chispavam.

Margarida Papo Amarelo ficou com os nervos tensos. Sabia que ia acontecer coisa de homem. Coisa de gente macha. Demorou-se um instante e acompanhou Chicão.

Ele parou bem defronte de Fabiano. Levantou a mão à altura de seu rosto e perguntou irônico:

– Tu lembra do que foi isso, nego?

Fabiano olhou-o firmemente. Examinou-o de cima a baixo. Cuspiu uma bola de fumo mascado na areia. Limpou com o punho a baba que escorrera da boca e perguntou também:

– Tu ainda não aprendeste, menino? Tu num aprendeste que num se deve brincá cum home macho?

– Não, Fabiano. Agora chegô a tua veiz! Se chegô. Essa faca vai sê minha.

Começou a juntar gente. Chicão abriu caminho entre o povo, dirigiu-se para uma mesa onde estavam praticando o jogo de bozó e nem pediu licença. Meteu a mão, puxou o pano com os dados, com as fichas e jogou tudo no chão. Pegou a mesa, colocou-a por sobre o ombro e voltou para perto de Fabiano.

Firmou a banca no chão. Arrancou a camisa. O busto nu, queimado, musculoso, apareceu ao público. Com a emoção, parecia que os grandes músculos queriam saltar fora do corpo, sobrar da pele. Ali estava Chicão. Forte como boi novo. Um touro enfurecido pela marca. Os músculos do pescoço tremiam. Sua alma devia arder com o fogo de todas as almas do inferno.

Fabiano achava-se impassível. Dentro da sua calma, murmurou apenas.

– Vai t'imbora, menino. Você treme de medo. Dou um minuto para você se arrependê...

– Tire a camisa, Fabiano. Tais é cum medo. Num disfarça não!

O povo gritou ao mesmo tempo.

– Tás afroxando, Fabiano? Dê outra lição nele!...

Fabiano olhou em volta e disse apenas.

– Tá bem.

Começou a desabotoar a camisa. A gritaria do povo recomeçou. Parecia que todo mundo da feira se reunira ali. O grito, o pregão dos negociantes e dos mascates se calara. Todos queriam ver a queda de braço. As barracas foram abandonadas com tudo espalhado. Uma queda daquelas, ninguém perde. A feira toda convergiu para um só ponto e coube inteira num único lugar: o ponto do pega. Gente se acotovelando, abrindo brechas no meio da multidão comprimida, para espiar.

– Dez mil-réis no galo Chico!
– Vinte no galo Fabiano!
– Mais vinte no Fabiano.
– Eu topo!
– Mais dez no galo Chico!
– Vinte em Fabiano!

As apostas choviam. Todo mundo apostava na certa. Queria ganhar com Fabiano, que era o campeão e já derrotara Chicão uma vez naquele mesmo lugar.

A camisa de Fabiano caiu sobre a areia. O peito cabeludo surgiu à mostra. Ele era um monstro de forte. Os braços nodosos fariam estremecer qualquer homem normal. O pescoço pareceu adquirir proporções enormes. A sombra do corpo na areia formava uma figura maior ainda.

Alisou os pelos do peito, como se dissesse para Chicão.

– Qués uma muda, menino?

No Nordeste, corre a fama de que o homem para ser homem tem que ter tido duas doenças venéreas ou ter o peito cabeludo. Com aquele gesto, Fabiano pensava amedrontar o rapaz inconscientemente. Pensava criar um complexo no adversário, relembrando naquele momento o malogro da última vez.

As apostas continuavam.

– Quem é que vai servir de juiz?

Margarida Papo Amarelo bateu no peito e gritou para o povo.

– O juiz sou eu!

– Viva Margarida Papo Amarelo!

Dessa vez, ela nem xingou a mãe do fresco.

Passaram um cordão de isolamento para que os contendores pudessem lutar sem que ninguém incomodasse. Chicão virou-se para Fabiano:

– Da outra veiz tu me marcô cum brasa. Mas dessa veiz tem que sê uma coisa nova. Brasa é poco! Por que num se usa agora ponta de faca?

– Ponta de faca! Ponta de faca!

Gritou o povo. O povo queria ponta de faca.

Então Margarida Papo Amarelo avançou em direção aos assistentes e convidou dois homens para se apresentarem com as suas peixeiras.

Fabiano já tinha tomado o seu lugar à mesa... Chicão se aproximou também. Puseram os dois os braços sobre a mesa. O povo fez um silêncio absoluto. Margarida mediu os braços. Foi suspendendo-os devagar e riscou com carvão os lugares onde os cotovelos deviam ficar. Aquele que tirasse o cotovelo dali perderia a queda. As mãos foram dadas. Dois punhos de ferro se cruzaram.

Os dois homens convidados sustentavam de cada lado a ponta da lâmina para cima. Uma das lâminas atravessaria uma daquelas mãos...

Margarida tirou o lenço do pescoço e gritou:
– Atenção!...
Os olhos da multidão devoravam a cena. Ninguém respirava.
– Um... dois... e... três!...
Começou a queda. Os dois homens se transformaram em máquinas. Em guindastes. Os músculos viraram feixes de aço que se distendiam. Os braços começaram a pender em leves estremecimentos. Os pescoços se estufaram. O suor porejou nas frontes. Os dorsos se contraíram em grandes apertos e cada vez mais...

Tudo era obra de um minuto. Um minuto custando uma eternidade.

O braço de Fabiano começou a perder terreno. A multidão ululou, de um só peito, decepcionada. Aquilo serviu de estímulo para o campeão.

A mão aprumou-se num esforço gigantesco. Os músculos retesavam-se ainda mais. As mãos tremiam. O povo tremia. A banca tremeu por um minuto. Ouviu-se um estouro. Um estalar de madeira se rachando. A banca se partiu de um modo inesperado.

Os homens rolaram na areia. A multidão estremeceu aos berros.
– Tragam outra mesa! Outra mesa!...

Os dois se levantaram suados. Iam ter um descanso que ninguém esperava. A banca não resistira àquele embate de touros.

Ambos limparam a areia que se lhes grudara no corpo, com o baque. Margarida emprestou o lenço para Chicão enxugar o rosto suado.

– Tragam mais uma mesa!...

E a mesa apareceu nos ares. Ninguém abria passagem. Mas a mesa caminhava pelos ares, passando de mão em mão como se fosse um andor de procissão. Colocaram-na no local onde estivera a outra. As marcas foram feitas. Os braços colocados. As facas também. O lenço subiu ao alto.

– Um... dois... e... três!

Os músculos tornaram a se contrair. A eternidade veio de novo depender de um minuto. Os pescoços tremeram. A banca tremeu. O povo tremeu. As pontas das lâminas tremeram. Só o sol de fogo lá em cima não tremia. A mão de Fabiano começou a ceder terreno. O povo voltou a ulular unissonamente. Com um surpreendente esforço tornou a se recolocar como na saída. Era isso que Chicão esperava. Reunindo o máximo das suas forças, arremessou toda a resistência que seus músculos possuíam para dentro do braço... A mão de Fabiano tremeu e caiu de uma só vez sobre a ponta da lâmina. E a lâmina afiada foi penetrando pelas carnes, perfurando, acabando com o resto da força... e apareceu brilhando entre sangue, na palma da mão.

Ouviu-se um urro.

O povo gritando abafou o gemido de dor de Fabiano. Chicão soltou a mão do vencido e sentou-se, entontecido, na areia.

Levantou-se depois e, num gesto de selvagem maldade, aproximou-se de Fabiano. Levou a mão até o peito cabeludo de Fabiano e dum puxão arrancou um chumaço de pelos. Deu uma gargalhada e murmurou para o povo:

– Levem isso para um bode, purquê num macho num qué dizê nada!

O povo delirava. Toda a feira gritava aos berros o seu nome.

– Chicão! Chicão, o novo rei da queda de braço. Chicão! Chicão!

Fabiano foi levado para a farmácia, com a mão envolvida num pedaço de camisa.

Chicão apanhou a sua camisa da areia e riu para o povo. Virou-se para Margarida Papo Amarelo e piscou os olhos.

Margarida pensou no grande homem, no grande exemplar de macho que era Chicão! E ficou acompanhando com os olhos a grande silhueta que se afastava dentro do sol... Era uma sombra de um homem que se afastava gingando, balançando no andar, como todos os homens que vivem sobre o mar.

•••

Quando foi de tarde e o sol começava a se apagar, Chicão ficou sentado em cima da casa de comando do iate. O barco estava vazio. Ao longe brilhavam as salinas. Perto, a fila dos pobres apanhando água continuava sempre.

Ouviu que alguém subia pela prancha do iate. Levantou a vista. Era Fabiano. O velho Fabiano, como seria agora chamado o antigo campeão. O antigo rei da queda de braço. Fabiano aproximou-se. Chicão pulou da casa de comando para o convés.

O outro quase não podia falar de emoção. Parece que a pobreza da tarde morrendo tinha se estampado na humildade dos seus olhos. Meteu a mão na cintura e arrancou a faca de cabo de chifre, enfeitada de desenhos a fogo.

E com a mão enrolada na gaze ainda ensanguentada entregou para Chicão aquela faca maravilhosa. Sua voz saiu se partindo.

– É sua... Num tenho mais força pra ficá... cum ela... Tou véio!...
Virou as costas e de cabeça baixa voltou a atravessar a prancha oscilante que ligava o iate à terra.

Capítulo Quinto

A DANÇA

Chegou finalmente a noite de Santa Luzia.
Dia treze de dezembro. Os homens de Macau, que vieram do sertão, estavam radiantes. De manhã, quando foram ver as pedras de sal, os meses de janeiro, fevereiro e março estavam completamente dissolvidos pelo orvalho da noite. Santa Luzia anunciava com os seus olhos benditos que nesse ano não haveria seca. Que ia chover muito no sertão do Rio Grande do Norte.
Os homens, que tinham perdido o sertão, regozijavam-se. Irmanavam-se numa mesma alegria. Estavam completamente felizes porque os outros, seus irmãos do interior, não sofreriam esse ano as agruras da seca.
Margarida Papo Amarelo também se sentia muito feliz. Alegre, porque na véspera fora escolhida para arbitrar a queda de braço que dera a estrondosa vitória para Chicão. Tinha mesmo uma profunda admiração pelo rapaz. Primeiro, porque era um homem forte. Segundo, porque era moço. Terceiro, porque ele era desabusado mesmo. A felicidade de Margarida não era somente essa. Tinha mais. Ela também se

alegrava por saber que as pedras de Santa Luzia eram favoráveis aos sertanejos. E, ainda por cima, hoje haveria festa e depois teriam um lucro grande. E ela, muito maior. Cada festa lhe angariava a certeza de um futuro mais calmo e sem preocupações. Por isso, se julgava sempre consciente das suas obrigações. Sairia para comprar uma vela bem grande, que levaria à igreja, para acendê-la em homenagem aos santos olhos de Santa Luzia. Todo mundo costumava fazer isso. Nesse dia, nem os trabalhadores das salinas gostavam de trabalhar.

No Porto do Roçado, desde cedo começaram os preparativos da festa. Estava quase pronto o palanque onde as seis moças dançarinas cantariam o pastoril.

As filas de banca do jogo do caipira ou de bozó funcionavam desde cedo. Barracas de sorte levavam os últimos pregos. Penduravam-se as últimas bandeiras e folhas de coqueiro. Depois, as prateleiras ficariam cobertas das prendas mais lindas: jarros, bonecas, compoteiras, bolas, bandejas etc...

O sorvete ia ser vendido por toda parte. Tabuleiros de cocada, rolete de cana, peixe frito, batata-doce assada, tapioca seriam espalhados por todos os cantos e vendidos de noite à luz acesa do bico de acetileno. Aquele cheiro de carbureto entraria pelos narizes, sem consideração alguma, e ninguém estranharia. Aquele odor era característico das festas pobres do Norte.

Seu Henrique-Fóquis-tróte tinha adquirido gelo e de noite, na sua banca, venderia muito raspadinho. Era só escolher, e o freguês tomaria o raspadinho bem gelado, de groselha, ou de limão e também de maracujá... Depois, quando a festa esfriasse na rua, ou o material do raspadinho estivesse se acabando, seu Henrique mudaria de roupa, vestindo então um uniforme branco muito engomado, alisaria a cabeleira com um cosmético qualquer, poria a gravata preta de laço borboleta e lá se iria para o salão do Estrela do Progresso.

E dentro, com todo seu cavalheirismo prosaico, desde que a música tocasse algo adequado, dirigir-se-ia às damas, e carregando na sua pronúncia bem cuidada, convidaria, encostando a cabeça perto do joelho e apertando o peito com a mão direita.

– A senhora quer dar-me a honra desse *fóquis-tróte*?

Seu Henrique-Fóquis-tróte se situava entre as figuras indispensáveis a qualquer festa de salão. Tanto pelo seu fino gosto como por sua cultura e bela palestra...

As moças a essa hora estariam nas suas casas, preparando os vestidos com esmero. Aquele baile anual era, sem dúvida, o mais esperado de todos. Iriam eleger essa noite a rainha do Estrela do Progresso. Cada uma aspirava ao trono e desejava sobre a sua cabeça a coroa de uma noite de reinado...

Os dirigentes do Clube davam o último retoque ao salão, fazendo que ele fosse o mais bem ornamentado possível.

A polícia seria distribuída em todos os lugares e deveria ficar mais que atenta. E como não? Se festa de pobre à beira-mar acaba sempre em furdunço, em chumbregamento?!... Lugar onde tem marítimo, tem peixeira. Onde tem peixeira, tem mulher. Onde tem mulher, tem briga. Onde sai sangue, tem que ter polícia. E mesmo nos outros anos, nunca a festa de Santa Luzia tinha acabado na Santa Paz do Senhor...

Veio a tarde e a festa começou. O povo veio também chegando para espiar.

As moças passavam gárrulas entre as filas das barracas e escutavam declarações, piadas espirituosas dos rapazes. Os meninos compravam sorte, com os olhos pregados, atraídos pela bola de borracha, aquela bola que nunca saía premiada. E pensavam, quando alguém ganhava um prêmio e não a escolhia: que mau gosto!

A voz do leiloeiro, que vendia em benefício da igreja, sim, em benefício da igreja, mas setenta por cento para ele. O resto, para os santos. O grosso, dele. Os trocados, para a igreja. A sua voz tonitroava por todos os cantos da festa.

Se acontecia alguém ficar coçando a vista por causa de um argueiro, os conselhos choviam.

– Hoje é dia de Santa Luzia!...

Então a pessoa atingida se lembrava de rezar:

Santa Luzia passou por aqui
Com seu cavalinho comendo capim.
Prometo cuspi treiz veiz
Se o argueiro saí.

O cisco saía milagrosamente e o devoto dava três grossas cusparadas no chão.

E quanto mais a noite descia, mais ia aumentando o zunzum da festa. O povo chegando e chegando sempre. Nesse dia, acorriam moradores de praias longínquas e praieiros próximos. Vinha até gente do sertão. As beradeiras aproveitando para usar o inevitável vestido cor de jerimum. Eram conhecidas a distância, não só pela cor do vestido, mas também pelas tranças escorridas, os laços azuis na ponta das mesmas tranças, os tamancos de couro brilhante e pelo fato de andarem aos bandos como se fossem rolinhas. Outras mais evoluídas deixavam a cor de jerimum e passavam a usar a cor-de-rosa ou o verde-periquito.

As luzes de acetileno alumiavam tudo.

Um velho vaqueiro de olhos miúdos, vestido de couro e picando tabaco, encostado num canto, de vez em quando murmurava:

– Eita! Que barburinho! Quanta gente! Que esbanjação! Que munta traia nessas barraca! Que gente mais cheia de impertunância!

Um homem do mar mexeu com um companheiro que passeava no meio do povo.

– Tás é bonito que nem tijuaçu!

O outro riu e gritou bem alto:

– Óia que eu num gosto de graça cum home não! Se ocê inda tivesse o pé da barriga rachada, tarvez...

Nos grupos se conversava de tudo. Uns riam com anedotas cheias de pecados e nomes feios. Outros arrotavam tremenda valentia:

– Foi intão que eu num ofendi Mané, purque num tive mesmo natureza...

Já mais adiante, uma velha desdentada falava da doença do marido para uma comadre e terminava dizendo que fora "tudo causa de uma doença nos figos"...

E a festa continuava, linda, colorida.

O homem do caipira ou do caipora gritava a mesma lenga-lenga de sempre:

...O calango atrás da cobra
O menino fica doido
Quando vê jogo e num joga...

E os meninos sem dinheiro estufavam os olhos com vontade de jogar.

Um sujeito ao violão estava desfiando uma embolada:

Semente de mussambê,
Caroço de mucunã,
No coqueiro da fazenda,
Tá cantando Guriatã...

Nos tabuleiros das velhas, além de balas, do puxa-puxa fabricado da rapadura batida e destorcida, havia mingau de carimã, bolo de fubá e doce de manuê.

Os pregões se salientavam mais variados.
– Rolete de cana caiana!...
– E quem joga vem jogá. Na barraca da estrela ninguém perde não!...
– Raspadinho! Raspadinho!
– Óia a boa da garapa!
– Pamonha de mio-verde!
– Melado de Ceará-Mirim. Quem prova o melado?!...
– Eta mingau gostoso de carimã!...
Milhares de vozes se confundindo coloridamente. Gente que ia e vinha, se esbarrando, se esfregando, ouvindo ditos, rindo, reclamando, se misturando numa massa só, compacta, marulhante e vívida.

Quem tinha razão era o velho vaqueiro que se escandalizava com todo aquele burburinho.

•••

Foi então que a festa começou a enfraquecer. A hora do baile se aproximava e o povo se retirava para se aprontar.

Chicão entrou em casa. Tia Cristina estava vestida com uma roupa nova; a blusa muito enfeitada e a saia de chitão ramado.

– O quê, tia Cristina está chique!

A velha sorriu.

– Entre lá pra dentro pra vê quem é que tá chique!

Ele entrou. Joaninha Maresia se vestia. Olhou para ele e sorriu. Chicão aproximou-se e tomou-a nos braços. Encostou os lábios na face morena e dilatou as narinas com aquele cheiro de carne moça.

Ela o afastou meio agastada.

– Coidado que tu me amassa toda. Vai t'imbora que eu quero ficá pronta.

Ele deitou-se na cama e ficou espiando a vaidade da mulher que se vestia.

Joaninha Maresia estava linda. O vestido branco, apertado na cintura. Os seios arredondados e pequenos se estufavam como as duas tangerinas de que Tia Cristina falava. Os quadris apareciam bem marcados e o moreno dourado da pele sobressaía no branco do tecido. Os cabelos naturalmente soltos mordiam os seus ombros torneados.

Chicão olhava para ela com os olhos cheios de desejo e vontade de estragar a roupa tão linda... Ela porém virou-se e falou.

– Vamo?
– Eu acho que preferia ficá mais você...
– Bobage, home. Avia! Vamo logo.

Ele levantou-se. Endireitou o vinco da calça, passou as mãos nos cabelos e deu o braço para ela.

Lá fora, as estrelas estavam dentro da noite.

Atravessaram o lugar da festa. Muita gente ainda jogava bozó e caipira. Pouca gente se acercava da barraca da Estrela para comprar sortes.

O pastoril se acabara e o tablado vazio dava impressão de abandono. Vazio das seis morenas que dançaram mais de três horas, vestidas de azul e de encarnado. Cantando canções do Nordeste.

A frente da sede do Estrela do Progresso fervilhava de povo.

Aos ouvidos de Chicão, à medida que eles iam passando, chegavam elogios pela beleza de Joaninha.

Na porta de entrada do Clube tinham colocado uma enorme lanterna de papel de seda, em formato de estrela, cheia de velas ou talvez com algum candeeiro grande. Era uma lindeza! Estrela do Progresso!

Entraram. A música estava tocando com força. Os pares rodavam no salão. As moças trajavam-se com muita elegância e garridice. Seu Henrique-Fóquis-tróte, infalível na sua distinção, enlaçava as damas sem perder uma só dança. Cada vez se enchia mais o salão. E havia de se encher ainda mais.

Na outra sala, serviam bebidas e sanduíches. Até peixe-voador aparecia ali, frito e cheiroso.

Os olhos de Chicão espiavam embasbacados a beleza da ornamentação do teto. Uma enorme bandeira brasileira, formada de pequenas bandeirinhas verdes, amarelas, azuis e brancas. Uma verdadeira obra de arte aquela bandeira que tomava todo o teto do salão.

A alegria andava por todas as fisionomias. Era sem dúvida o baile mais lindo e mais falado daquela região.

Quando deu uma hora da manhã, Seu Henrique trepou numa cadeira, bateu palmas e pediu silêncio. Imediatamente a música parou. Todos prestaram atenção. Já sabiam o que se ia passar. O júri tinha escolhido e pronunciaria agora o nome da moça que seria a rainha desse ano. A rainha do Estrela do Progresso.

As moças nem respiravam de emoção. Qual seria a escolhida? A mais bonita da festa?

O fotógrafo tiraria o seu retrato com um ramo de flores no colo enquanto, na cabeça, apareceria, magnífica, a coroa da realeza. A seu lado, as duas princesas, as duas que fossem classificadas em segundo e em terceiro lugares. E no dia seguinte, nas folhas sociais de O Clarim, viria a fotografia estampada com bonitas palavras:

"NUM PRÉLIO RENHIDO E DISPUTADO FOI SAGRADA RAINHA DO ESTRELA DO PROGRESSO A SENHORITA (Ali todas as moças eram senhoritas. Podia ser casada, viúva, solteira, amancebada, sendo moça, era senhorita. Mas isso não sai no jornal.) FULANA DE TAL, QUE VENCEU AIROSAMENTE AS SENHORITAS BELTRANA E SICRANA, CLASSIFICADAS CONJUNTAMENTE EM SEGUNDO E EM TERCEIRO LUGARES."

Toda a gente de Macau leria a notícia, entusiasmada. Só haveria um eco: "Como Fulana saiu bunita! Bem que mereceu!..."

Seu Henrique olhou solenemente o povo, deu um pigarro e começou.

– De acordo com esta solenidade que todos os anos se realiza neste mesmo âmbito, a comissão julgadora para a escolha da mais bela senhorita que será espetacularmente coroada rainha... De acordo com o espírito de justiça e imparcialidade que sempre tem assistido às decisões dessa comissão... ficou escolhida como rainha do Clube Estrela do Progresso...

Fez uma pausa e olhou os rostos ansiosos de cada moça, analisando devagar (todos os anos ele fazia isso, para esquentar a sensação), e prosseguiu:

– A senhorita...

Ninguém respirava.

– Joana de Jesus da Silva.

Palmas ressoaram estrondosamente. Um viva repercutiu. Novas palmas estrugiram. Joaninha Maresia estremeceu.

Chicão arregalou os olhos e falou meio apatetado:

– Mais sois tu, Joaninha!...

Sim, Joaninha Maresia tinha vencido o título.

Seu Henrique pediu novo silêncio. Iria agora fazer a classificação das princesas.

– De acordo com o prosseguimento da comissão julgadora, foi classificada em segundo lugar a senhorita Belinha Braga.

Novas palmas e novos vivas.

Por fim, seu Henrique terminou:

– E finalmente, segundo os desígnios da comissão julgadora, ficou definitivamente classificada a senhorita Lilica de Seu Leocádio.

Novas palmas.

– Atenção! Muita atenção! Venha o fotógrafo para tirar a chapa da coroação da rainha e das princesas.

Levaram Joaninha Maresia para o centro do salão debaixo de uma chuva de palmas e confete picadinho de jornal velho. Arrumaram três cadeiras. Joaninha sentou-se no centro. Ao seu lado foram colocadas as duas princesas, que seguravam ao colo ramos de flores. Ramos que nem chegavam aos pés do *bouquet* apertado contra o peito de Joaninha. Sobre sua cabeça foi colocada então uma coroa fabricada com papel dourado de chocolate.

Finda a cerimônia apareceram mais palmas.

Retiraram o trono do meio do salão e seu Porfírio Maestro fez sinal para a orquestra.

O cavaquinho de Leontino esganiçou um choro. O violão do Pacheco arremedou. O clarinete de Milano suspendeu e o pandeiro de Loló acompanhou.

A festa chegou ao auge. O salão se enchendo cada vez mais. Enchendo-se de gente. De cheiro de álcool. De cheiro de corpos suados.

E, por se encher tanto, foi que se deu a coisa.

Dorcelino, que dançava com uma moça, mais desequilibrado do que preá bêbedo, olhou para a dama de Bexiguinha. Ficou espiando como subia e descia, num rebola infernal, o traseiro da morena. Não sabia se aquilo era assim mesmo ou se estava enxergando com olho de cachaça. Veio a tentação. Esticou a mão. Mas o diabo é que estava muito bêbedo para ser ligeiro. Todo mundo viu o beliscão na dama do outro. E mesmo que não visse, o berro não foi pequeno.

Aí o chafurdo começou. O salão pareceu se juntar todo num canto só. Todo mundo convergia para lá. A pancadaria, estimulada pelo hálito do álcool, comeu grossa. Todos brigavam. Muitos nem sabiam por que estavam brigando e muito menos com quem. Só se via o braço comer. Cadeira voar. Sopapo cantar.

Não foi à toa que aquele cantor de emboladas cantara uma vez na feira:

Pega esse nego
Da cabeça do escapole
Você diz que dá no fole
No fole você num dá...
Embola mãe
Embola pai
Embola fia
Embola toda famía
Que também quero embolá...

Todo mundo queria embolar. E tudo porque as ancas de uma morena ondulavam demais.
Ouviu-se o apito da polícia. A coisa estava preta. Chicão arrastou Joaninha pelo braço. Saíram do meio do chafurdo. A coroa, a bela coroa de Joaninha, tinha afolosado de um lado e pendia sobre o seu ombro. As pétalas das flores tinham se sumido. O ramo que levava nas mãos se transformara em um talo liso apenas. Chicão viu aquilo e deu uma risada.
– Jogue isso fora.
Joaninha olhou para ele furiosa. Até parecia que Chicão não tinha alma. Adiantou-se dele, caminhando para casa.
No dia seguinte, o jornalzinho de Macau noticiaria a beleza da festa da coroação, faria uma descrição pormenorizada e terminaria por dizer:
"Apenas um pequeno incidente veio empanar o brilho da festa."
Um pequeno incidente que custara muita cabeça quebrada, olho roxo e nariz inchado. Sem falar em roupa rasgada.
E, quando a bebedeira passasse, deveria ser muito desagradável para quem foi a uma festa acordar dentro das grades da mucura.

Sempre era assim. A festa de Santa Luzia, se não tivesse olho roxo e pancadaria, perderia cem por cento da cor local.

Festa de homem de mar em beira de praia só tem um final desse jeito. Felizmente não houve peixeirada. Porque antes da entrada e prevendo a repetição de fatos passados os cavalheiros, ao ingressarem no salão, eram vistoriados. Medida disciplinar para a garantia da barriga alheia. O Clube Estrela do Progresso sabia bem organizar as suas festas...

Joaninha olhou para trás e viu a estrela de papel balançando ainda, apagada, na porta principal.

Chicão vinha caminhando atrás dela. Chegaram em casa. Tia Cristina já tinha se deitado.

Foram para o quarto. Joaninha estava amuada. Chicão sentou-se ao lado dela na cama e começou a tirar as botinas. Olhou para ela. Pegou-lhe no braço.

– Escuta, Joaninha, tenho uma coisa pra te dizê...

– Amanhã tu me diz.

Começou a se despir. A roupa branca e amarrotada de rainha caiu no chão. Ela soprou a luz do candeeiro. Ele se aproximou dela. Passou a mão calejada sobre o seu rosto e viu que ela chorava.

– Tás chorando?

Ela falou com a voz entrecortada de soluços:

– A festa tão linda... Eu que nem rainha... Acabá desse jeito...

– Bobage, Joaninha.

– Bobage purquê num foi cum você...

Chicão ficou pensando uma coisa. Pois então ela não sabia? Se foi por causa dele que ela fora coroada rainha! É verdade que ela era bonita e merecia. Mas não fosse ele ter ganho a queda de braço ontem, não tivesse ele criado uma grande popularidade de um momento para outro, queria ver se ela era mesmo rainha... Ficou com pena.

— Num hai de sê nada. Ansim foi bom. A festa se acabô legêro e eu tava cum saudades de você...

Ela se aconchegou dentro dos seus braços.

— Eu queria te contá que o iate vai saí despois de amanhã, bem cedinho.

Joaninha sentiu um arrepio. Voltou à realidade. Seu homem ia retornar ao mar. Sentiu uma saudade enorme. Ele ainda estava ali e, no entanto, começava a sentir sua falta. Todas as mulheres dos marinheiros são assim mesmo. Ficam sentindo sempre falta. Eles vão e elas ficam com o porto. Elas sabem que nos outros portos os seus homens encontrarão outras mulheres. Que pagarão bebidas para biraias de cabelos oxigenados. Que ficarão ouvindo histórias que elas inventam e que surgem por causa do bafo da cerveja. Que eles, ouvindo, enfiarão as mãos dentro das intimidades delas. Igual como Joaninha vira na pensão de Margarida Papo Amarelo. Eles procuravam as outras por sentirem falta das mulheres que ficaram com o porto. Depois quando eles voltassem, elas os receberiam de braços abertos e corpo saudoso, não perguntariam nada sobre histórias. E quando eles contassem, o bastante era perdoar.

Joaninha sabia que ele se ia demorar por alguns meses. Por isso se ajeitou com mais ternura dentro dos seus braços fortes.

— Quando tu vorta?

— Num sei. Mas quando vortá, vô aceitá uma vantage no iate de Mestre Damasceno.

— No Dedo de Deus?

— Não. No Cabedelo.

A vida deles era aquela. Nunca sabendo ao certo do futuro. A não ser o dia que partiriam. O resto era do conhecimento de Deus, do vento, da Virgem Senhora dos Navegantes, do mar e de São Pedro.

Ela escorregou a mão e alcançou a cabeça de Chicão. Ficou alisando os seus cabelos perfumados com óleo de mutamba.

Ficou fazendo carinho.
Xenhenhém – Xenhenhém – Xenhenhém.
De macio como se fosse o punho de uma rede gemendo... gemendo...

Capítulo Sexto

O VELHO MALAQUIAS

Chicão saiu passeando. Agora todo mundo que o encontrava vinha dar-lhe os parabéns pela vitória na queda de braço.

Sua fama ia correr os portos do litoral e passear nas conversas de beira de praia. Ia ser um herói, um herói porque seu braço possuía uma força invejável. Era, podia-se dizer, o homem mais forte dos que viviam trabalhando sobre o mar.

Sentiu-se orgulhoso. Esperara muito por aquele dia. Agora podia colocar a qualquer momento a mão sobre os quadris e sentir a faca de cabo de chifre com incrustações feitas a fogo. A faca que há cinco anos estivera em poder de Fabiano Seabra. Os homens do mar iam dizer que Fabiano estava velho. Passaria a ser chamado o véio Fabiano.

Bem que ele teve pena quando o outro foi entregar, cheio de humildade na voz, o prêmio arrancado pela sua força.

Mas agora, fosse como fosse, era o novo rei da queda de braço. Naquele litoral, por onde o seu iate andasse, ninguém se atreveria a olhá-lo com pouco caso e muito menos convidá-lo para uma queda de braço.

Espiou as costas da mão direita, onde a marca de fogo, que jamais sairia, provava a derrota sofrida antigamente com o velho Fabiano.

Lembrou-se como a mão ardera e como arderam ainda mais aquelas palavras:

– Menino, agora tu aprende a não desacatá os home!...

E essa frase e aquela marca o instigaram a pensar que um dia seria o rei da queda de braço...

– Alô, Chicão! O rei da queda de braço!...

Chicão reconheceu aquela voz que vinha de dentro de um rancho. Era o velho Malaquias. Virou-se e deu com o velho apoiado numa bengala de pau-ferro e que sorria para ele dentro da sua avançada velhice.

– Boa tarde, Tio Malaquias, cumo é que vai passando?

– Chicão! O home mais forte de Macau! Qué entrá e conversá com o véio mais véio de Macau.

De fato o Tio Malaquias era o velho mais velho de Macau. Uns diziam que ele sabia todas as histórias do passado. Que conhecia de memória todos que tinham vivido há muitos anos. Contavam também que ele não passava de um mandraqueiro e sabia predizer o futuro de qualquer pessoa, lendo nas areias da praia.

Chicão ficou observando o velho. E como era velho! Tinha possivelmente dobrado o cabo dos cem anos. Seu rosto era um pergaminho queimado, onde as rugas marcantes impressionavam a vista. E dentro dessas rugas maiores havia outras, filiais de rugas menores. Avó, mãe e filhas, naquelas rugas. Os dentes amarelecidos pelo fumo constantemente mascado apareciam dentro dos lábios descoloridos e pendurados. O velho Malaquias ria.

– Chicão! O home mais forte e mais bunito dessas praia!

A sua fala vinha arrastada, transpondo o caminho do tempo. Mas não se perdia uma só palavra.

– Rei da queda de braço... Entre, Chicão, e converse cum esse véio que tamém já foi moço. Eu tamém já fui rei, há muito tempo, da queda de braço.

Indicou um banco para que ele se sentasse. Chicão sentou-se e continuou a ouvir a conversa do macróbio.

– Você num tem medo de mim, tem Chicão?

– Purquê havéra de tê, meu tio? Ocê é a figura mais véia de Macau, mas num faiz receio não.

– Quá! Todo mundo tem medo desse véio. Tem sim. Os moleque corre dele! Os cachorro tamém! As moça se benze cum cruz quando o véio passa!... Só quem num corre de mim é seu vigário Monsenhô Honório. Ele tamém é véio.

– Pois eu num tenho, Tio Malaquias.

– Eu queria de há munto falá mais você, Chicão. Diz que eu sô um véio marvado. Mas num sô não. Eu queria falá mais você, purquê eu vejo tudo, até os destino da gente. Vejo sim. E num é o demonho (fez uma cruz na boca, para afugentá-lo) que me diz não. Pelos óio de Santa Luzia que não... Chicão, eu queria lhe dizê uma coisa, mas você nunca se alembrô do véio. Foi perciso que eu lhe chamasse...

– Pois intonce, agora mercê pode me falá.

O velho levantou-se tremulamente e olhou Chicão bem dentro dos olhos. Chispas de fogo perpassaram-lhe a vista.

– Chicão, Chicão! A terra num tá seca não. A terra num morreu.

O rapaz sentiu estremecer todo o corpo.

Teve a impressão de que o velho se transformava em alguém que ele não conhecia. Sua voz estava estranhamente diferente e as palavras lhe saíam da boca como se fosse outro homem falando e não um velho estúpido, apodrecendo de velhice.

– Sim, Chicão, rei da queda de braço. A terra não morreu não. A água está voltando de novo. As folhas se reverdecem. Os rios se engrossam. Os açudes vão encher... Você é que morreu. Há três anos que o seu coração secou. Você não volta mais. Seu coração secou!...

Chicão passou a mão pela testa e enxugou um suor frio.

– Cumo é que ôce sabe? Quem contô isso tudo pr'ôce?

– Eu vejo, Chicão. As areias das praias me contam os destinos dos homens. É triste o que elas me dizem. Eu sei de tudo o que se passa por aqui. Vejo tudo que vai acontecer... E com você, Chicão...

– Que é que tem cumigo, Tio Malaquias?

– Quer mesmo saber o que vai acontecer com você, Chicão?

– Quero sim, sabê de tudo.

– Então me traga um punhado de areia. Ali da Praia dos Pescadores.

Chicão dirigiu-se para a praia, enfiou as mãos sob a areia branca e voltou.

Ao entrar, encontrou o velho Malaquias sentado sobre uma esteira esfarrapada.

– Ponha a areia aqui e se sente também.

Meteu as mãos esqueléticas e pergaminhadas sob a alvura da areia e lançou um punhado para o ar, peneirando-a entre as duas mãos como se fosse uma ampulheta.

– Você é o rei da queda de braço. Muita gente viverá pigorando sua mocidade e sua força. Mas não vai ser por muito tempo...

– Pur quê, tio? Eu num vô demorá cumigo a faca de cabo de chifre?

– A areia diz que ela ficará sempre com você.

– Mas entonce pur quê ôce falô aquilo?

– Acabou-se, Chicão. A areia acabou-se. Deixa que eu apanhe outro punhado.

Repetiu o gesto de enfiar as mãos sob a areia e trouxe um novo punhado. As mãos magras e ressequidas vieram a parecer de novo a ampulheta do tempo.

– Chicão, aqui diz que a terra não morreu. Seu coração é que secou. Você fugiu da terra seca mas morrerá na terra seca...

Chicão sentiu uma emoção febril. A garganta apertava-se-lhe como se fosse uma tenaz de fogo. A saliva secara dentro da boca. Sentiu as pernas fraquejarem por um momento.

– É, Chicão. Faz três anos. E a terra não morreu. A seca foi embora. O sertão agora começa a voltar, a ser verde de novo. O vale do Seridó se revigora de umidade. O Apodi se enche d'água. O sol é muito mais frio. Porque a chuva esfriou o sol. E os homens voltam também. Os que não ficaram estendidos à beira das estradas de poeira vermelha estão voltando. A vida renasce por lá. Logo o sertão será mais verde do que as águas do mar... Chicão, a terra não morreu. Foi o seu coração que secou.

Fez uma pausa e olhou fixamente para o rapaz. A cor avermelhada desaparecera do seu rosto. O bronzeado do sol adquirira um tom amarelo desbotado. Seus olhos estavam cheios de tristeza...

– Quer que eu conte o resto?

– Conte.

O velho meteu a mão na areia e tirou o último punhado.

Aí seu rosto se inflamou. Parecia que todas aquelas rugas, as rugas avós, mães e filhas, tinham adquirido vida. Ou que estavam vivendo no momento a existência dos fatos que as haviam feito nascer naquele velho rosto.

– Chicão, Chicão! Cuidado. Cuidado! A ilha de Manuel Gonçalves... A ilha. Você tem maldição pelo seu destino. Seu futuro é feio. A ilha. Você sabe o que é a ilha de Manuel Gonçalves? Sabe?

– Não, tio. Num tenho ideia dela.

– Pois essa ilha tem ligação com você. Essa ilha conta a vida de Macau... Você vai ver essa ilha de novo.

Levantou as mãos até a cabeça branca e falou soturnamente:

– Esta cabeça de velho nunca se esquece. Nem do tempo. Nem dos anos.

"Foi no ano de 1825. Segundo me contava meu pai, a cidade de Macau não era aqui. Tinha uma grande ilha chamada Manuel Gonçalves. Ali é que ficava a verdadeira cidade de Macau. Os homens tinham construído muitas casas. Havia um porto. Fizeram uma igreja bonita. A vida ali era igual à de qualquer parte. Havia pesca, havia briga, havia morte. Mas disseram que Deus tinha amaldiçoado a ilha. Que Deus não abençoara a vida da ilha.
Então, deu-se uma coisa esquisita. Os homens repararam que as marés enchiam cada vez mais e que a ilha ia sendo invadida pelas águas.
Nos primeiros dias, pensaram que eram simples reações por causa da lua. Mas, passadas as marés de lua, as outras continuavam a crescer. A invadir tudo.
Aí, eles descobriram a verdade. Não eram as marés que cresciam. E sim a ilha que afundava.
Era a maldição de Deus. Estabeleceu-se o medo. A confusão. Rezaram muito. Mas nada detinha a submersão da ilha. Só havia um jeito. Mudariam a cidade de Macau para a costa. E assim foi feito. Mas não tiveram tempo de carregar muita coisa. A maré subia cada vez mais. A ilha afundava agora apressadamente. As embarcações eram poucas. O salvamento das vidas era urgente. Os botes começaram a travessia para a costa. A maré foi subindo. Subiu mais. A ilha estava quase toda submersa. Enterrada n'água: a água entrava pelo interior das casas. Depois foi alcançando as janelas. Subiu mais ainda. Alcançou o teto.
E nas barracas e ranchos construídos na costa as mulheres rezavam e choravam. Choravam por uma cidade inteira que se perdia. A ilha de Mané Gonçalves estava morrendo. Morrendo afogada.

Enterrando com ela o suor dos homens que construíram uma cidade.

Enterrando as lutas, o esforço, os sonhos, as brigas, as mortes, o passado. Tudo.

Tudo ia se apagando e sendo guardado no fundo do mar. Os homens assistiram até o último momento o desaparecer calmo da ilha. Aquela agonia se sumindo aos poucos. A morte na cama das águas.

Conseguiram ainda arrancar a cruz da igreja..."

O velho Malaquias fez uma pausa.

– Se você duvida, Chicão, pode espiar na igreja e veja se lá não existe a cruz. Os homens então construíram a cidade de Macau. Outra cidade, onde havia de ter muita pesca, muita briga e muita morte. Lutaram, recomeçaram tudo de novo. Quando eu nasci, Macau já era uma cidade grande. E eu venho acompanhando toda a história de sua vida. Por isso eu sei de tudo. Sou o velho mais velho da cidade. Conheço todos e dizem que sou feiticeiro. Que faço mandinga. Que sou malvado...

– Mas, tio, ocê disse que essa ilha tinha que vê arguma coisa comigo?...

– Tem. A ilha vai voltar. A ilha vai voltar. Vai nascer de novo. E você verá, desgraçadamente, a ilha. Vai ser a primeira pessoa e talvez a última... Se não acredita no que eu digo, procure Monsenhor Honório. Fale com ele. Pergunte se não existiu mesmo a ilha. Veja a cruz. No pé da cruz está a data, 1825... Essa cabeça de véio não se esquece nunca.

Misturou com um gesto demorado toda a areia que se acumulara na esteira esfarrapada. Aquela areia muda, sem significado algum. Areia de praia.

Seu rosto tinha adquirido a mesma expressão apagada de velhice. Suas rugas se encolheram, apagadas. Era o mesmo velho estúpido, caindo aos pedaços dentro do tempo.

Chicão fitava-o, desorientado. Pensativo. Impressionado com a história que o velho Malaquias lhe contara...

– Querendo pode ir, Chicão. O rei da queda de braço. O home mais bunito dessas praia!

Chicão levantou-se para sair. Olhou o velho. Ajudou-o a sentar-se no banco.

– Que é isso, Chicão? Você tamém tá tremendo?

– Num é nada, tio.

Chegou-se até a porta do rancho.

– Entonce eu já vô. Té logo, tio.

Ia começar a caminhar quando ouviu que o velho Malaquias o chamava ainda. Virou-se e escutou o velho falando:

– Você Chicão, tenha munto coidado cum os gatos. Um gato pode lhe trazê uma grande desgracêra.

Retornou a caminhar. O que o velho lhe dissera o impressionara bastante. Mas não podia ser verdade. Possivelmente os cem anos e pouco começavam a manifestar os sintomas da caduquice. Sim, era caduquice. Onde se podia imaginar uma ilha que afundara? Uma ilha que ia aparecer de novo? E ele era o indicado para assistir a isso? Qual! Aquelas areias não podiam dizer nada sobre o futuro de ninguém. Depois, aquela história de gatos, sem mais nem menos. O velho estava ficando louco. O tempo devorava, por fim, o resto de memória que havia naquela criatura enrugada e, de certo modo, asquerosa. Por isso, os outros temiam-no. Por isso, as moças se benziam ao deparar o macróbio. E não era para menos. Mas ele, Chicão, o rei da queda de braço, não tinha medo de coisa alguma.

Saiu de Porto do Roçado e foi na direção das ruas movimentadas de Macau.

Passou pelo mercado. Entrou para ver os conhecidos. Naturalmente, sua figura era agora muito mais respeitada. Seus braços possuíam muita realeza. Segundo o velho Malaquias, aquilo ia fazer muita gente pigorar. Ora, o velho

Malaquias! O velho era louco! Contar aquelas histórias! Como se ele, Chicão, "tivesse jacaré nas costas"!

De repente teve uma lembrança. Ia até a igreja. Procuraria Monsenhor Honório e perguntaria se aquela história da ilha era mesmo verdade. Isso era bom.

Encaminhou-se para a igreja. Entrou. Era quase noite. Mais uma hora e a cidade se acenderia. Foi espiando pelos cantos.

Lá estava a barcaça que os homens do mar ofereceram à Nossa Senhora dos Navegantes e que a cada ano saía na procissão, sustentada pelos braços mais fortes dos marítimos. Ela saía bonita mesmo. Punham laços de fita nela. E cantavam coisas lindas.

Eram tantos os homens que queriam carregar a barcaça de Nossa Senhora dos Navegantes que ele nunca o tinha conseguido. Talvez na próxima procissão, como era o rei da queda de braço, deixassem uma vaga para ele.

Entrou na sacristia. Monsenhor Honório estava ali. Sua cabeça branca como o sal das pirâmides se sobressaía ainda mais, junto ao negror da batina.

Aproximou-se e beijou a mão do velho padre.

— Então, Chicão, todo mundo sabe que você é o herói do dia. Só se fala na sua força!... Hum?...

Chicão baixou a vista e riu. Bem que estava satisfeito. Todo mundo comentava a sua força. Até Monsenhor Honório.

— Num foi nada, Monsenhô. Eu vim aqui mode lhe perguntá uma coisa.

— Pois não. Você não quer se confessar, quer?

— Não. Num é isso não. Monsenhô sabe arguma coisa de uma ilha chamada Mané Gonçalves?

— Manuel Gonçalves? A ilha de Manuel Gonçalves? Quem foi que lhe falou nisso, Chicão?

— Que dizê que teve mesmo essa ilha?

— Teve, meu filho. A ilha de Manuel Gonçalves afundou. Mas foi há muito tempo. Foi verdade, sim. Depois fizeram a cidade de Macau aqui. Antes Macau ficava nessa ilha. Veio para cá quando ela começou a afundar. Isso foi mesmo quando? Espere. Em 1825.

– Que ano mesmo, Monsenhô Honório?

– 1825.

– 1825...

Chicão empalideceu. Então o velho Malaquias não era tão louco como pensara. A ilha existira. Afundara no ano de 1825 como o velho contara. Sentiu que as suas costas se alagavam de suor.

– Mas por que tudo isso, Chicão? Por que você quis saber sobre a ilha de Manuel Gonçalves?

– O velho Malaquias me falô... Falô sim...

– Se você quiser, Chicão, poderá ver a cruz que pertencia à igreja da antiga cidade de Macau. Está ali. A direita de quem entra. Vamos lá.

Encaminharam-se para a entrada.

– É ali, Chicão. – E apontou. – Aquela cruz grande de madeira escura.

Chicão apoiou-se nas grades que circundavam o local, onde a cruz estava colocada. Ali estava a cruz. Ali estavam os números. E ele sabia ler bem os números. 1-8-2-5.

– Você está se sentindo mal, rapaz?

– 1825...

– Sim. Mil oitocentos e vinte e cinco. Uma data a mais. Cem anos. Um século. Um século e mais alguns anos se passaram sobre essa cruz. Coisa sem importância alguma dentro dos milhares de séculos que se passaram na face da terra, meu filho.

– 1825. A ilha existe e afundô...

– Mas por que essa impressão, Chicão? Todo mundo pode saber disso e deixar de se preocupar. Não tem importância. Que foi que o velho Malaquias lhe contou?

– Ele disse que a ilha existiu. Que ia torná a aparecê. Que eu ia vê a ilha. Que areia não mentia não. E que eu fugi da terra seca e morreria nela. Que meu coração tinha se secado...

– Bobagens, rapaz. O velho estava caçoando de você. Ele não regula muito bem da cabeça. É a idade...

– Deve de sê. Bem, obrigado, Monsenhô...

Beijou a mão do padre e saiu. Caminhou para a Rua da Frente. Sentou-se na calçada e ficou vendo o movimento do cais. Os botes que ficavam parados, tão parados, quando ancoravam no Rio Açu. Tão diferentes do que quando enfrentavam o balanço dos mares. As velas cochilavam, enroladas, nos ombros dos mastros. Lá estava o Ricardo Barreto. O iate mais bonito do Nordeste. Aquela linha cintada, diferente de qualquer outra embarcação do seu calibre.

A vida do cais estava parada. Chicão pensava que ainda ia fazer uma viagem no iate bonito, depois cambaria para o Cabedelo, de Mestre Damasceno.

A tarde estava quase morta.

Somente a fila das mulheres, dos velhos e das crianças, com latas de querosene à cabeça ou descansando no chão poeirento, aguardando cada um por sua vez a aproximação da barcaça d'água. Aquelas barcaças que não paravam de trazer água para abastecer a cidade.

A água era o problema principal daquela gente. A água que valia quase o seu peso em ouro. A água! A água! A água!

Seu semblante se entristeceu mais ainda.

"Chicão, a água começa a voltar para o sertão de novo. O vale do Seridó, o Apodi, estão cheios de verde... Mas seu coração secou..."

Virou a vista e divisou as salinas brancas e pontiagudas que ainda brilhavam com o resto das últimas luzes do olho da tarde. Seus olhos se molharam. Ali estava a salina acabando com as vidas, rachando os pés dos homens... A seca quando vinha no sertão rachava os pés da terra. Os homens não sofriam com os pés rachados. Acostumavam-se. Mas a terra não; sofria com a chegada de todas as secas.

Agora chovia no sertão. Deus se apiedara dos homens, depois de três anos. O sertão que criara a sua vida. Cuja terra gerara o seu coração, que se revoltara contra ela um dia, exclamando:

– A TERRA DESGRAÇADA MORREU!...

Aquele sertão que lhe dera o sangue e que nunca desapareceria dos seus olhos. Nunca! Nunca!

Agora mesmo, ele estava vendo o sertão. Vendo-o como o vira pela primeira vez...

Capítulo Sétimo

A HISTÓRIA DE CHICÃO BOI

Numa tarde de seca, quando todas as terras do sertão do Rio Grande do Norte estavam rachadas, Chicão apareceu.

Sentou-se à sombra da porteira e ficou esperando. Esperando tudo. Até a morte. Devia ser um menino de dois a três anos.

Foi Compadre Neco que o descobriu parado, com a vista comprida, espiando para os campos de algodão.

Compadre Neco apeou-se e olhou para o menino.

– Ei, menino, que é que você qué aí sentado?

Ele ergueu a vista como se coisa alguma na vida tivesse importância. A camisinha suja, entreaberta, mostrava os ossos perfurando a pele.

Compadre Neco sentiu uma piedade imensa.

O menino levantou as mãos em concha e implorou com voz sumida:

– Água!...

– Venha cumigo. Vamos lá em casa que eu darei água pr'ocê.

Ele firmou-se na porteira e tentou levantar-se.

Mas não teve força. Passou as mãozinhas no rosto como

se a vertigem estivesse somente nos seus olhos. Tornou a cair no mesmo lugar.

– Pobrezinho! Tá que nem rês quando cai. Que a gente tem que ajudá a levantá, purquê sinão morre no mesmo canto.

Compadre Neco pegou a criança ao colo. Não pesava nada. Era apenas um feixe de ossos. Se ele não descobrisse o menino na sombra da porteira, amanhã aquele corpinho seria mais uma vítima da seca e os urubus fariam um mau pasto.

Colocou o menino sobre a sela, entre os seus braços.

– Cumo é que você se chama, menino?

– Chico.

Quase não tinha força para falar.

– De onde você veio? Quem é seu pai?

– O cigano. Ele me deixô. Foi embora.

Compadre Neco ficou pensando na história triste daquela criança. Os ciganos andavam por todo mundo. Em bandos. Naturalmente que também agora fugiam da seca. Tinham deixado a criança ali perto do Rancho de Pedro Azevedo, porque sabiam da fama de bondade do fazendeiro. Descobririam o menino e tomariam conta dele. É muito mais fácil se ter pena de uma criança do que de uma pessoa grande. Mesmo na seca esses sentimentos não mudam.

E foi assim que Chicão ficou morando no sertão. Apareceu nele trazendo duas desgraças no sangue: filho de cigano e da seca.

Compadre Neco armou mais uma rede na casa. Chico ia ficar com ele.

De agora em diante, Nhá Rosa, que já tinha três filhos, seria mãe mais uma vez. E dessa, sem sentir nenhuma dor.

Muitas chuvas vieram. Muito inverno passou. Muita seca apareceu. Muita seca foi embora. E Chico crescia.

Crescia dentro de uma liberdade absoluta. Adquirindo a força do sertão quando ele era pródigo e endurecendo o coração quando ele era seco.

As terras de São Tomé eram muito férteis. Pedro Azevedo, a quem chamara de Padrinho, era muito bom. Pedro Azevedo ia também povoando a sua casa com novos filhos; Donana era uma boa terra, boa casa e boa mãe. Chico se criava, brincando com os filhos de Pedro Azevedo. Dava-se bem com Liberato, que era o mais velho, mas em compensação brigava todos os dias com o outro Chico, seu xará.

Era arteiro, reinador e treloso.

Depois que fez doze anos, começaram a notar que Chico não era apenas arteiro. Ao contrário, pior do que isso. Era ruim. O sangue de cigano principiava a falar. Um gênio violento se desenvolvia nele de um modo atordoante.

Só queria liberdade. Vivia às carreiras como um bode bravo. Saltando por todos os recantos da serra. Conhecia todos os caminhos e atalhos.

Outras vezes, passava o dia mergulhando no açude. Queria era aquela liberdade absoluta.

Pedro Azevedo desistiu de fazer dele gente. Botou-o na escola de Barcelona, mas ele fugia. Rasgava as cartilhas e os cadernos. Dizia palavrões para a professora. Virava as carteiras. Puxava os cabelos das meninas. Isso quando não suspendia as saias...

Depois, mesmo que ele quisesse, na escola, já não o aceitariam mais.

O menino tinha o demônio no corpo.

Uma vez, Liberato, que estudava num colégio interno em Natal e viera passar as férias, lhe falou:

– Chico, por que você não quer estudar? Você devia aprender. Pelo menos a ler um pouco.

– Num quero não. Eu num quero aprendê mesmo.

– Mas por quê? Todo mundo aprende...

– Eu só quero aprendê os números. Quero sabê contá. Você me ensina?

– Mas por que isso? Ninguém aprende a contar sem saber ler.

– Aprende sim, que eu tô aprendendo.
– E por que você só quer saber contar?
– Pra sabê contá dinheiro, mais tarde.
Não adiantava. Era o sangue de cigano falando inconscientemente.

Para que estudar? Perder um tempo enorme, três horas por dia, cansando a bunda num banco de pau da escola e ouvir a voz esganiçada de Dona Maria da Penha, retinindo no ouvido? Para quê? Quando lá fora havia um sol danado. O açude que estava cheio d'água, cheio de marreca?

Ir para a aula, justamente quando dava meio-dia, e as rolinhas vinham em bando, descendo da serra, para fazer a ração d'água no açude?

Era só ficar de baladeira, escondido no meio do mato, deixar que elas fizessem um monte e zás!... No mínimo duas ficavam estrebuchando. Às vezes, quando conseguia apanhar às escondidas a espingarda de chumbo de Liberato, trazia para casa mais de quarenta rolinhas.

E de noite a velha cozinheira Mariana trazia uma travessa com as bichinhas esturricadas e farofa. Pedro Azevedo levantava os olhos e falava.

– Quem foi que fez isso? Quem andou caçando hoje?

E dirigia a vista para o lado de Chico, que vinha todas as noites assistir às refeições na fazenda.

– Foi você? Não foi?

Ele abria um sorriso enorme de satisfação e respondia logo.

– Foi eu sim, padrinho.
– Quer dizer que fugiu da escola de novo?

Balançava a cabeça e dizia desanimado:

– Qual, Chico, você não toma jeito. Compadre Neco disse que já anda cansado de bater em você e você não se emenda.

– Ele bate em mim cum pena...

Pedro Azevedo tinha vontade de rir. Mas ficava sério. No entanto, mergulhava dentro do prato de rolinhas fritas.

Escola? Os burros também viviam. As vacas, as cabras, as ovelhas, tudo na fazenda podia viver. Viver sem a preocupação de estudar ou de aprender a ler.

Diziam que ele era cigano. Pois se cigano era ser assim, então ele era mesmo. Queria era ser livre. Aprender o que o sertão ensinava. Quando crescesse mais, então aprenderia a curar bicheira, como fazia Compadre Neco. Não havia bicheira que resistisse às rezas do vaqueiro. Ele saía perseguindo o rastro da rês ameaçada. Vinha pra cá. Ia pra lá. E bumba! Se ajoelhava no chão com muita fé, dizia umas palavras enquanto ia cruzando as pegadas do animal, misturando os rastros na areia. E era uma vez uma bicheira perigosa. Quando fosse de tarde, e o gado retornasse ao curral, a ferida estava limpinha de bichos. De uma feita Chico seguira esse trabalho de Compadre Neco. E a rês, que não era nem mais nem menos do que a vaca Princesa, seguia descuidada. Chico passara o dia às escondidas observando o trabalho do vaqueiro. Ele sabia que Compadre Neco estava rezando o rastro. Quando foi num momento, Princesa deu um mugido comprido, como se sentisse uma grande dor... E os bichos foram saltando, aos punhados, da bicheira. Correu uma porção de sangue que ensopou os quartos da vasa e sujou a terra. Mas a ferida ficou limpinha, limpinha. Quando ele fosse grande arranjava um jeito de escutar as palavras de Compadre Neco. Então, ia ser o maior curandeiro de bicheira do sertão.

Ora, escola! Ele queria ser o homem continuamente livre. Continuar depois de grande o que sempre fora em menino. Independente como o catolé da rocha, que não liga nem para a chuva nem para a seca, mas que fica lá em cima das pedras da serra, todo tempo da vida, muito verde.

Ir para a escola? Que besteira! Ali estava o sertão de verdade. Os faxeiros com os seus espinhos, o sodoro e o xique-xique. As matas de jurema com os seus anzóis de espinho, rasgando as carnes dos vaqueiros que se desembestavam atrás das reses que fugiam do cercado. Que bonito, a mata de jurema roxa da cor do vestido de Nosso Senhor dos Passos da Igreja de Barcelona.

O sertão livre durante o dia lhe pertencia.

As ribações que vinham ao quente do sol, em busca da aguada.

O tijuaçu saindo a essa mesma hora, à procura de ninho de galinha que fugia de casa para botar nas catingueiras. Tão bom sair atrás de um rastro de tijuaçu. Aquela marca fininha na areia, como se fosse feita de propósito com a ponta do facão. Era só seguir o bicho com cuidado, porque ele tinha uma vista danada. Em compensação, se ele não enxergasse quem o perseguia, podia ser apanhado com toda facilidade. Bicho mais surdo no sertão não existe.

E o mocó na serra? Armar mondés e quixós por debaixo das pedras e quando fosse na tardinha ir apanhar os bichinhos achatados embaixo da armadilha. E que carne saborosa a do mocó!

Quando ele fosse grande, havia de pegar um mocó branco. Todo mundo sabia que mocó branco era alma de gente que morrera e aparecia para encantar o caçador. Muita gente vivia repetindo o caso de Balbino. Balbino Orelhudo, ele mesmo contara o caso. Saíra uma vez para caçar mocó. Quando tinha chegado no meio da serra, avistou sobre uma pedra o mocó branco. Levantou a espingarda no olho, com cuidado. Mas não fez fogo. O bichinho ligeiro desapareceu. Ficou com raiva e saiu perseguindo o mocó branco. Arrastou-se pelo chão. Olhou para cima e imitou o piado. Ouviu a resposta. E mais no alto o mocó reapareceu. Tornou a levar a espingarda ao olho e o bicho sumiu como da primeira vez. E assim ficou até de noite. O mocó branco aparecia em cima, daqui a pouco, do lado. Voltava para baixo e surgia de novo do alto. Balbino voltou para casa desanimado. Suava como pescoço de boi na canga. Cansado como nunca. Na cintura trazia a sacola vazia. Nada caçara. Também, quem mandou ele se meter com o mocó branco. E Balbino Orelhudo, que era o maior caçador das redondezas, ficou com a certeza de que, quando se caça, não se deve dar atenção ao mocó branco. É fingir que não o vê. Porque ele só aparece para estragar a caçada e defender os outros bichos. É feitiço. O caçador encantado com a beleza branca e o tamanho do mocó fica fascinado e perde o tempo. Ninguém pode matar alma penada.

Isso dizem. Mas também já houve quem pegasse mocó branco. Aquele filho de índio que de vez em quando surge nas ruas de Barcelona e que não mora em canto algum. Como é filho de índio, dorme em qualquer canto onde a noite não chega. Pouco se importa. Como é filho de índio, come tudo que é porcaria: besouros, vermes, minhocas. E o povo diz que ele é doido. Mas que ele pegou um mocó branco, uma vez, isso pegou. E o povo diz que o filho do índio ficou mais doido depois disso. Também não era para menos, matar uma alma penada...

Mesmo assim, quando ele, Chico, ficasse grande ia pegar um mocó branco...

•••

Quando foi um dia, Chicão ficou grande. Aí o povo não o chamava mais de Chico. Era Chicão.

Aquele que vem ali parece dizer a voz de todas as coisas do sertão. Aquele que vem ali é Chicão, minha gente.

Alto, desenvolvido, de ombros largos. A pele queimada. O cabelo negro alisado com óleo de mutamba, brilhando sempre. Vem montado num cavalo branco. Está sem camisa e canta. Canta porque ainda é livre, como quando menino.

É lua cheia
Quarteirão, quarto minguante

Nossa Senhora do Monte
São Pedro o Menino deu...
Cristo nasceu
Foi por obra do Divino
Sacristão bateu no sino
A luz do sol apareceu...

Eta, Chicão! Eta, sertão vivo e livre. Sertão ignorante e sadio. Sertão bruto "mas porém" feliz.

Sertão que acredita no Padre Cícero, na cura da bicheira, nos milhares de mitos e assombrações.

– Chicão do diabo – gritava Nhá Rosa, lá dentro, se benzendo toda, não faça isso por amor das almas!

Chicão, lá fora, estava imitando o zurrar do burro ao entardecer.

Aquilo era caminho andado para assombração. Muita gente que tinha imitado o zurrar do burro nessa hora tinha ficado lesa durante três dias. Durante três dias com a alma fora do corpo.

E Compadre Neco jurava que muitas vezes, quando a tarde morria, as almas do sertão se encarnavam em esqueletos de boi. De uma feita ele se encostara numa porteira para não cair de medo. Cruz! Te arrenego! Te arrenego, Cafute! E suas pernas tremiam que nem ramo de fedegoso dentro das águas do açude. Na sua frente, estava um esqueleto de boi mugindo. De repente ele parava e falava com voz humana.

– Tire meu leite, por amor de Deus! Tire meu leite, por amor de Deus!

Tirar leite de um esqueleto? Então Compadre Neco criou alma e rezou três Ave-Marias para que Nossa Senhora das Candeias iluminasse o caminho daquela alma desgraçada. Tirou três cuspidas, misturadas com o sarro do pito... e tudo desapareceu.

– Eta, sertão misterioso!

Seis horas da tarde. A hora da alma penada. As almas que traziam campainha de vaca no pescoço para assombrar as meninas-moças que se retardavam, falando de namorado e lavando roupa, na beirada do açude.

Outros diziam também que o socó, na boca da aguada, triste e parado, era alma de empaludado que morrera, tremendo, sem cura.

E as outras almas amarelas dos que morreram na seca? Aquelas eram mais tristes, porque vinham de longe, pedindo num lamento e estendendo uma caneca de flandres:

– Água!... Um bocadinho d'água!... Um bocadinho d'água!...

Chicão vinha rindo sobre a montaria. Cantava porque era livre. Não acreditava em nada disso. Não acreditava, porque tinha alma de cigano e era um produto da seca.

Chegou em frente da porteira do rancho de Nhá Rosa. Abriu-a. Entrou.

A candeia de querosene já aluminava lá dentro... Os meninos correram para fora do alpendre e gritaram ao mesmo tempo:

– Eta que Chicão chegô. Eta que Chicão chegô!

Fez festa para todos. Desencilhou o animal e deu-lhe um pouco de água. Depois, colocou um embornal de milho no focinho do animal.

Sacudiu as sandálias, para não levar pó para dentro, atravessou o copiar e deu boa-noite para todos.

– Boa noite, Nhá Rosa. Boa noite, Tio Neco. A bênção.

Todas as tardes era quase a mesma coisa.

Sentava-se perto do velho. Ria para ele.

– Tá passando melhó dos rim?

Compadre Neco alisava as costas e reclamava.

– Quá, meu fio. Tô é ficando véio. Véio é trapo. É bagaço de cana.

Mas mesmo assim Chicão pensava. "Véio! Véio, mas cada ano vinha mais um filho na barriga de Nhá Rosa..."

– Num consegui achá o bezerro. O bicho tá mesmo chumbregado. Varri tudo que foi de mato. Que vê que ele morreu pur aí. E amenhã a gente descobre ele, por causa dos urubu. Menhãzinha vô me enfiá pur tudo que fô raio de buraco, mas busco ele.

Levantou-se. Foi até bem dentro da cozinha. Nhá Rosa estava cozinhando nas panelas de barro, assoprando o fogo, de cócoras.

Alisou os ombros da velha.

– Cumo é, minhã veia, a farinha tá boa pra farofa? Tou cuma fome afolozada.

Ela ria.

– Tá quasi, cigano. Tá quasi pronto. Vá lavá o rosto que tá quasi pronto.

– Vô lavá o cavalo no açude e vorto, num minuto. Saiu. Apanhou o cavalo pelo cabresto e lá se foi a caminho do açude.

Ao passar em frente à entrada da casa de Pedro Azevedo, encontrou-o parado, encostado no moirão.

– Boa noite, Padrinho Pedro.

– Ah! Chicão, encontrou?

– Encontrei, nhor não. Mas amenhã eu vô de novo, atraiz dele. A bênção, Padrinho. Vô lavá o cavalo e depois pegá na janta.

Pedro Azevedo ficou vendo a silhueta, o vulto escuro de Chicão, caminhando contra a noite, na direção do açude.

Era um belo homem o filho do cigano. Estranho. Livre. Indomável.

Lembrou-se de Liberato, o filho mais velho que se formava esse ano em Direito, em Recife, e que breve chegaria à fazenda feito doutor. Os moradores o chamariam agora de Doutor Liberato. E ele, Pedro Azevedo, ia ficar muito orgulhoso...

Ouviu o barulho da água espadanando e as grandes gargalhadas de Chicão no açude. Ele estava na certa se banhando em companhia do cavalo.

Mergulhando o corpo nu, queimado, nas águas mornas do açude. Não era doutor. Não quisera aprender a ler, mas possuía algo que Pedro Azevedo compreendia bem e sentia: sabia aproveitar o sertão nas suas menores coisas. Sabia viver por instinto a verdadeira vida daquela terra. Ficou se lembrando, pensando no crescimento de Chico. Nas suas diferentes transformações.

Padre Adelino, que agora era cônego, quando vinha de visita à família, em Barcelona, dissera-lhe uma vez.

– Pedro Azevedo, o que Chicão tem é muita vida. Personalidade. Muita força, que estoura por todos os lados. Aquilo é de massa boa. Ele mesmo não sabe o que quer e não se compreende...

E o padre devia ter mesmo razão. O rapaz crescera de uma maneira extravagante. Era brigão. Forte. Destemido. Uma vez, ele mesmo precisara pegar Chico e dar-lhe umas viroladas bem fortes. Também, ali na fazenda, Chicão só respeitava a ele.

Apanhou calado. Trincou os dentes. Depois se escondeu na serra com desgosto durante quatro dias. Não queria mais voltar. Foi preciso que ele em pessoa fosse buscá-lo. O rapaz se acuara como onça e não queria falar-lhe. Tinha nos olhos uma humilhação tremenda. As mãos sangravam, arrebentadas. Ele desabafara o seu ódio, esmurrando as pedras.

Bobagem, Chicão. Vamos voltar...

– Padrinho me tocô... Na frente de tudo quanto foi moradô...

– Não estou zangado. Já passou, Chicão. Vamos. E a custo o rapaz voltou.

Voltou para tornar a ser o mesmo problema. Pedro Azevedo o aguentava ali, porque ninguém mais do que ele e depois dele, que era o dono, sabia querer tanto bem à terra.

Chicão era trabalhador. Era, sim. Homem para qualquer serviço. Mas não queria serviço nenhum que exigisse continuidade. Às vezes trabalhava na prensa de algodão. Trabalhava até morrer de cansaço. Quando Pedro Azevedo pensava que ele ia fixar-se naquele trabalho, arranjava outro.

Ninguém melhor do que Chicão tomava conta do rebanho das ovelhas. Nem tratava delas com maior amor e carinho. Isso durante uma semana. Durante um mês. Depois... Inventava trabalhar no machado e lá ficava de sol a sol, sem camisa, rachando lenha para a máquina de descaroçar algodão. Cansava-se daquilo e ia pastorear gado com Compadre Neco. Essa nova coisa o enjoava logo. Descobria que carregar água o dia inteiro para dentro de casa era mais agradável. Entretanto, vinha o tempo da colheita de algodão e se metia nela. Tudo quanto fazia era bem feito. Apanhava mais algodão do que qualquer morador do sítio. Mas enquanto apanhava os brancos capuchos, se lembrava de que plantar agave era melhor... Era estranho o rapaz. Não parava. Gostava da terra. Cada coisa devia significar mais para ele do que para os outros. Via tudo na fazenda com ternura nos olhos. Alisava os galhos, a cerca, as pedras. Trazia a serra constantemente dentro das suas lembranças.

Não era vagabundo. Em qualquer coisa trabalhava bem e se empregava a fundo, indo de sol a sol. Cantando e rindo. Mas parar num só trabalho? Nunca.

Uma vez Pedro Azevedo quase pensou ter acertado, quando convidou Chicão para ser ajudante de caminhão.

– Você podia, Chicão. Trabalhava com Lula, de ajudante. Ia para Natal comigo. Ajudava a descarregar a carga... Depois aprendia a dirigir o caminhão e, quando eu comprasse outro, Apolônio ficava com um e você com outro.

Os olhos de Chicão se iluminaram e começou a trabalhar no caminhão.

Tirava a camisa e lá vinha ele cantando em cima da lã. Percorrendo todas as estradas. Viajando para Natal.

Natal, sim. Aquilo é que era cidade bonita! Quando tinha uma folga corria para a beira do cais e ficava vendo os botes que traziam os passageiros da praia da Redinha. Os iates levantando as velas. As alvarengas singrando o Rio Potengi, à custa de enormes zingas e poderosos braços humanos. Ali o Rio Potengi nunca ficava seco.

Lá nas terras de Pedro Azevedo, ele secava, de carro de boi passar por dentro do seu leito. E quantas vezes não apostara carreira a cavalo, por dentro dele, com Liberato?

Mais além, estava o cais do porto. Navios chegando. Gente bonita, bem vestida, de luvas, de chapéu, descendo pelas escadas e tomando automóveis para visitar a cidade... Aquilo era uma vida tão diferente da que ele via no sertão.

Voltava ao caminho. Viajando de feira em feira pelo interior. Comprando algodão. Percorrendo as estradas de São Paulo para São Tomé. De São Pedro até à fazenda do Purgatório, do pai de Melquíades. Aliás, Dr. Melquíades. Ele hoje era dentista em Natal.

Seis meses levou nessa mesma vida; Pedro Azevedo até criava uma nova esperança a respeito do rapaz. Mas...

Viajar eternamente pelas mesmas estradas. Engolir a mesma poeira. Ouvir a mesma canção das rodas sobre o arisco. Não. Era chato. Ele já conhecia bastante Natal. Ainda era uma cidade bonita. Mas preferia o sertão.

E um dia deixou o caminhão. É verdade que de quando em vez dava um passeio até Natal, mas sem compromisso. Lá havia muita coisa boa que no sertão não havia. Aquelas ruas, onde as mulheres chamavam os homens de "meu benzinho" e se vestiam com roupas curtinhas, mostrando a todos que passavam o segredo gostoso das intimidades. Bem, isso no sertão não tinha, não. Imagine se as filhas do Compadre Venâncio, que trabalhavam demais para não viçarem, vissem aquilo! Virgem!

E foi assim que desapareceu da cabeça de Pedro Azevedo a ideia de fazer de Chicão um motorista de confiança...

Lá vinha ele voltando do açude. Avistou o vulto de Pedro Azevedo ainda encostado no moirão.

– Ainda aí, Padrinho?
– É, Chicão. Estava pensando.
– Hoje vai tê Boi de Reis, lá fora na rua. O sinhô num vai não?
– Estou muito cansado, Chicão.
– Pois eu vô.
– E o bezerro perdido?
– Amenhã madrugadinha eu saio na pista dele. Boa noite, Padrinho.

Pedro Azevedo pensou que estava chegando o tempo do Natal. Eram os últimos meses do ano. Pensou também na mocidade de Chicão. Trabalhando o dia todo e depois indo para a festa do Boi de Reis. Mocidade! Entretanto, quando fosse de manhãzinha, ele já estaria montado no cavalo alazão, batendo as matas de jurema, cortando os caminhos da serra, à procura do animal desaparecido. E era certo que o descobriria. Conhecia palmo a palmo aquele sertão. E só outro homem podia fazer aquilo igual a Chicão. Era ele mesmo: Pedro Azevedo.

•••

Uma porção de gente tinha afluído para assistir à dança do Boi de Reis. Ali fora o lugar escolhido para brincar o boi.

Era no centro de uma das mais pobres ruas de Barcelona. Uma rua que terminava numa ladeira. As casas só existiam de um lado, porque no lado fronteiriço um campo resguardado de arame farpado dominava a paisagem que dormia na noite.

A molecada estabelecia uma algazarra doida. O tapa estalava de vez em quando. Um palavrão cabeludo escapava-se da garganta de um ou outro espectador, mas ninguém prestava atenção.

Bancos tinham sido colocados para as pessoas mais ilustres se sentarem. Eram inúmeras as vezes em que o Dr. Quirino Maia vinha assistir ao Boi. Aparecia com a sua pose simpática e também a sua bombinha de proteção à asma. Outras vezes, vinha a família de Pedro Azevedo. Muita gente boa de Barcelona gostava de assistir à dançação do Boi. E era bom que viessem mesmo. Porque os cantadores e dançadores só paravam num terreno para reinar por sessenta mil-réis. Esse negócio de amor à arte não era com eles. E quem sentasse naqueles bancos tinha que pagar no mínimo três mil-réis. Os dançadores viviam para aquilo. Eram grandes vagabundos cultivando uma arte, só utilizada nos últimos meses de cada ano. Os outros meses, eles os passavam numa ociosidade marcante. Mas quando chegava o tempo de Boi, se juntavam e percorriam todas as estradas do sertão. De cidade em cidade, de povoado em povoado, de feira em feira, de terreiro em terreiro, exibindo aquela arte suja e ao mesmo tempo pitoresca. E a dança e o canto ficavam passando de pais para filhos. Cada vez mais deturpados. Cada vez com novos enxertos para pior. Só a vagabundagem dos pais passava exatamente igual, sem modificações, para os filhos.

Eles agora iam dançar ali, defronte do terreiro da venda de compadre Zeferino.

O povo cercava o ambiente, em formato de quadrado, e já começava a gritar impacientemente:

– Cadê o Birico? Cadê o Birico?

De repente o Birico pulou no centro do terreiro, assustando muita gente que não o esperava e, apertando uma certa parte do corpo, gritava bem alto.

– Tá aqui o Birico!

Foi uma gargalhada geral. O Birico era sempre o personagem mais engraçado do Boi de Reis. Ali estava ele. Vestido como se fosse um vaqueiro, mas todo de estopa. Uma roupa imunda. Uma máscara estranha de estopa, também imunda. Tinha uma barba parecida com a de um bode, a qual saía do nariz e vinha até quase o peito. Na cabeça, um chapéu de couro, também de vaqueiro. Dançava sem parar. Rodopiava. Dava saltos mortais com uma habilidade admirável. Caía na areia. Suspendia poeira para o ar. Levantava a máscara e escarrava. Depois, deitava-se de novo, dizia pornografias e roçava o rosto naquela areia onde, minutos antes, escarrara... Vinha para cima do povo e mexia com os meninos. Amedrontava os mais pequenos. Bolinava rapidamente as morenas do sertão. Coisa que ninguém via, mas elas sentiam. Atirava sacanagens grossas para os homens. E voltava a dançar.

O riso dominava o ambiente.

Chicão ficava maravilhado. Não perdia pulo, gesto, nem palavra do Birico.

Aí então é que vinha o compadre Mateo. Mateus era outro vaqueiro quase vestido do mesmo modo que o Birico, mas um tipão sobremodo ingênuo. Talvez fosse menos sujo. Mas com a continuação da dança ia se tornando igualmente indecente.

Dançavam juntos. Brigavam. Um dava de chicote no outro. Faziam coisas imorais. E com o esquentar da dança os gestos e as graças tornavam-se pesadíssimos.

Uma hora, Mateus caía e fingia-se de morto. Birico se aproximava e dizia chorando:

– Mateo! Ô Mateo!... Num moirra cumpadre!... – E se abaixava e enfiava o dedo no...

O povo, que esperava por aquilo, quase caía dos bancos de tanto rir.

Aquela cena era repetida diversas vezes.

Por fim, atrás da luz dos fachos, estenderam uma espécie de cortina.

Nesse palco improvisado, se alinhava o resto do pessoal que compunha o Boi de Reis.

Colocaram os bancos para os músicos. A orquestra se compunha de um cavaquinho e duma rabeca. Aqueles instrumentos iam gemer quase toda a noite. Remoer sempre as mesmas notas de enervante monotonia.

Abriram o pano. Surgiram em fila os seis "galantes". Ressoaram palmas. Eram lindas, perante os olhos do sertão, aquelas figuras estranhas. Vestiam-se quase de maneira comum, mas as camisas tinham fitas coloridas pregadas por todo canto. Na cabeça, enormes chapéus em forma de quadrados e sem abas, que se assemelhavam a capacetes. Suas paredes exteriores eram formadas por espelhos encrustados, que lhes davam um tom exótico e luminoso, refletindo os lampejos das tochas que iluminavam o terreiro. Fitas também pendiam daqueles estranhos enfeites. Uns diziam que na dança aquilo tinha o significado de coroa. Era um reinado absolutamente insignificante e irresponsável, e longe de ter qualquer importância humana.

Nas cinturas, grandes faixas de seda de todas as cores apareciam à guisa de cinturão.

Entraram. Foram saudados e recebidos respeitosamente pelo Birico e Mateus.

A música atacou monotonamente. Ritmaram o passo e a dança começou. Os cantos se fizeram também. Os passos eram iguais e dentro do compasso da melodia. Perfeitos. Mas os olhos do povo não se despregavam da figura que dominava o bailado. Não que fosse uma figura de relevo. Mas tudo que fazia dentro da dança atraía os olhos.

Era Rivaldo.

Rivaldo, o maior dançador do sertão. Sua fama corria as feiras, os povoados e chegava até os bairros pobres das cidades. Sem ser menino e sem ser moço, Rivaldo sabia encantar pela segurança e elegância com que dançava. Um, dois, e virava o corpo numa leveza de pluma. Um, dois, e batia o pé compassadamente no terreiro. Suas mãos ondulavam no espaço com a moleza de uma cobra sinuosa. Só ele sabia colocar as mãos nos quadris daquele jeito.

É verdade que, muitas vezes, um comentário grosseiro atravessava o ar e vinha ferir o ouvido.

– Aquele camarada só pode ser...

Mas ele estava ali encantando. Dançando com o melhor ritmo. Senhor absoluto das danças do Boi. Impassível. Os galantes cantavam quadras, que repetiam sempre:

A simente do limão
Prantei, porém num nasceu.
Quanto mais o tempo passa
Eu sinto que já morreu...
Prantei a cana caiam
Pertinho lá do limão.
Quanto mais a cana cresce
Mais morre meu coração...

Eram versos do sertão, de pouco significado. Ou que pelo menos poderiam ser interpretados de um modo vago. Antigamente, para poetas que os fizeram, poderiam significar coisas lindas. Mas passados assim, de boca em boca e repetidos pelo ouvido do tempo, sem interpretação exata, apenas existiam como verso. As rimas continuariam com o passar do tempo. Mas seu sentido original seria cada vez menos compreendido.

Pararam os galantes e entrou o Gigante. Fez uma porção de estrepolias. Assustou Birico e Mateus. Recebeu aplausos e retirou-se.

A música atacou nova melodia, que por sinal era semelhante às outras, pela inexpressibilidade e monotonia. A rabequinha gemia, dando a impressão de contorcer-se em tremendas crises de dor de barriga. Apareceu então uma novidade: as damas nada mais eram do que meninos de pernas finas, que surgiam sob saiotes curtos e ostentando nas cabeças os mesmos vistosos capacetes. Dessa vez, elas dançaram com os galantes. Era um espetáculo lindo!

Cantavam com suas vozinhas esganiçadas outras tantas letras rústicas e informes.

Por fim, surgiu o Boi. Birico e Mateus entraram em cena para domá-lo. Tudo isso seguido de cambalhotas na areia. Palavrões e gargalhadas do povo. De vez em quando, o boi arremetia contra o público, naquela sua aparência esquisita de meio boi e meio homem.

A gente dava pinotes e se afastava do lugar.

A dança continuou, enfadonha, por muitas horas ainda. Repetindo-se naquela mesmice constante. Agora, quando as damas e os galantes apareciam, traziam uma novidade. Terminadas as danças, jogavam fitas para os espectadores. E o contemplado tinha que amarrar moedas nas suas pontas. Era uma espécie de gorjeta forçada.

A noite foi se passando. O povo ainda ria por qualquer coisa. Só aquela gente sabia se divertir.

Chicão olhou o Boi. Espiou as estrelas e viu que já era bem tarde. Lembrou-se de que de madrugada tinha que procurar pelo mato um bezerro de verdade. De carne e osso. Foi-se afastando. No fim da rua, olhou para trás. Viu as nuvens de poeira que subiam para o céu, na luz das tochas. Ouviu ainda, ao longe, a música da rabequinha.

O Boi de Reis era uma festa tão linda, pensou. Tão linda. Pena que só tivesse no fim do ano. Podia ser todos os dias. Mas não perdia uma. Onde tivesse Boi, onde soubesse que iam dançar o Boi de Reis, ele bateria estrada para assistir. Era por isso que muita gente o chamava de Chicão Boi.

Tomou o caminho da fazenda. A noite estava alta, e soprava um ventinho frio.

Foi andando cheio de saudade. Agora os sons da música, dentro da noite, chegavam quase apagados, mas mesmo assim ele os acompanhava, assobiando. E se fechasse os olhos, adivinharia plenamente o que eles estavam dançando naquele momento...

Capítulo Oitavo

A SECA

Chicão amava mais o sertão quando vinha o inverno.
Quando o Rio Potengi crescia e inundava tudo. Desde menino que se acostumara a nadar no tempo da cheia. Começava janeiro, emendava fevereiro, continuava março: era a chuva. A água descendo do céu e lavando tudo. Esverdinhando todas as ramas, todos os galhos retorcidos pelo sol da seca. Engordando as águas do açude, onde os tetéus continuavam a fazer um alarido doido.
Os matos que subiam a serra davam a impressão de uma enorme bandeira verde. Tudo adquiria o verde tão verde do juazeiro ou da quixabeira.
Depois que passava a chuva a vida do sertão aumentava. O algodoal começava a produzir. Vinha a época do apanha. O tempo da colheita do algodão.
Tudo que era morador aparecia na cata. Homens, mulheres e crianças. Até os velhos vinham. No campo, que estava completamente branco, começava, aos poucos, a tosquia. O povo ficava feliz. O velho Faustino dizia que o campo estava de cabeça branca. E todo o mundo abençoava a velhice do algodoal.

Era nesse tempo que as filhas do velho Venâncio trabalhavam mais ainda.

– Meninas – falava o velho com um vozeirão medonho e sonoramente modulado –, vocês hoje têm trabaio.

Ele queria que as filhas trabalhassem demais. Era serviço bruto. As moças eram fortes. Tinham braços roliços e seios desenvolvidos. Dentes brancos, que riam por tudo, e ancas largas...

Saíam da enxada, pegavam no algodão, lavavam roupa, ajudavam a velha na cozinha, faziam compras na venda e cosiam os seus vestidos. Assim, o velho Venâncio ficava satisfeito. O que ele não queria era ver uma filha parada, cismando.

Pedro Azevedo falara uma vez para ele:

– Mas, compadre Venâncio, essas meninas trabalham demais. Deixa essas meninas descansar...

– Num vê que não, cumpade Pedrinho. É melhó que elas trabaie muito, mode de noites elas drumire bem e num ficare viçando...

Pobre compadre Venâncio, que não queria que as filhas viçassem.

Aquilo era parte do sertão que Chicão gostava.

Vinha o tempo de São João, os devotos subiam a serra da Arara para colocar velas na cruz que o filho doido do antigo velho Fabião aí colocara um dia.

Depois do tempo do apanha, Pedro Azevedo montava no caminhão, que sempre era dirigido pelo Apolônio, e ia atrás das feiras em busca de mais algodão. Voltava a qualquer hora. E levava o algodão para ser descaroçado. Depois, tudo aquilo passava na prensa e se transformava em fardos que seguiriam para serem vendidos no comércio de Natal. Não havia feira nas proximidades a que o caminhão de Pedro Azevedo não tivesse ido. Conhecia aquela parte do sertão. Suas rodas enfrentaram todas as estradas. Molhadas no inverno, poeirentas na seca, ásperas nos terrenos pedregosos e macias nos ariscos arenosos.

Nesse tempo Chicão era feliz, porque ainda estava longe da seca, que, felizmente, não estragava demais aquela região. Mas mesmo assim Chicão a odiava. Tinha a impressão de que se rachava com a seca. Seus olhos queimavam e o seu peito era terrivelmente achatado contra os ossos. Sentia uma opressão terrível. Um dia, iria embora. Não resistiria ao trágico espetáculo das secas.

É verdade que o açude grande secava todo, mas Pedro Azevedo não dormia. Tinha uma reserva de água do outro lado da serra. Um pasto que resistia. Depois, ele sempre fazia plantações de palmatória. O caroço do algodão também servia para a alimentação do gado. A criação emagrecia um pouco, mas não se perdia. As perdas, em comparação com as dos outros fazendeiros que enfrentavam a aridez do tempo, eram, pelo contrário, mínimas.

Chicão ainda era feliz. Até que chegasse o fim de outubro, ele podia respirar com liberdade e cantar a sua canção preferida:

É lua cheia
Quarteirão, quarto minguante
Nossa Senhora do Monte
São Pedro o Menino deu
Cristo nasceu
Foi por obra do Divino
Sancristão bateu no sino
E a luz do sol apareceu...

•••

Chegara o mês de outubro. A segunda quinzena se fora. Agora era época de ansiedade: seca. Podia ser como todos os anos. Podia ser também uma seca que durasse um, dois, três anos. Já tinha acontecido antes. A seca se prolongara por muitos anos e o flagelo começou a varrer todas as bandas do sertão do Rio Grande do Norte.

A miséria humana se desenvolveu tremendamente enquanto o sertão minguava, a ponto de expelir a gente que nascera ali para outras partes. Os homens ressequidos, as mulheres cadavéricas, as crianças barrigudas e amarelas invadiam as cidades. Estendiam as mãos ossudas e pediam mais vida do que esmola. E os olhos do povo da cidade se enchiam mais de nojo que de piedade. Aquela miséria não comovia o coração, mas incomodava os olhos.

O cheiro e a miséria dos trapos também nada significavam para os homens da cidade. Os homens da cidade, que leem os evangelhos, nunca se poderiam considerar irmãos daqueles espectros famintos. Aquilo não era gente. Era, sim, parte da terra, do sertão que secara. Barro queimado e inchado. Barro queimado e ressecado. Terra. Pó.

Chicão começava a sofrer. Um dia, iria embora. Ele não era como catolé da rocha, que vive em qualquer época do ano, brotando nas pedras da serra. Nem era também juazeiro, nem quixabeira.

Faria como uma gente de que ouvira falar. Que andava sempre. Que não se sujeitava ao sertão e não parava em canto algum. Penetrava no sertão no tempo do apanha, da safra do algodão. Acabada esta, dirigia-se para as salinas. Sim, as salinas. O mar atraía Chicão. O mar é sempre verde. Nunca falta água. Nem a terra das praias se racha. O peixe não falta e o homem pode não enriquecer, mas fome também não passa. Quem já ouviu dizer que um dia o mar deixou de dar peixe? E que os homens que moram no mar tenham passado fome por falta de alimento? Ninguém. Chicão ficava pensando nos botes que vira. Nos homens do mar que encontrara, quando tinha uma folga no descarregamento do algodão em Natal.

Corria para perto do cais Tavares de Lira e espiava a vida dos botes. Dos iates que traziam os homens que vinham do mar. Das embarcações dos pescadores, que faziam o transporte das pessoas para a praia da Redinha. Aquilo sim era vida. Os homens entrando mar afora. Sem perigo de seca ou falta d'água.

Mês de outubro era começo de tristeza para Chicão. E logo agora que madrinha Rosa estava buchuda demais. E que dentro de um destes dias mais uma vida viria ao mundo. Justamente na época da seca. Trazer um filho ao mundo quando ninguém sabia o que viria. Madrinha Rosa era sempre assim. Esse era o nono. Quando a seca se aproximava, Nhá Rosa estava de bucho estufado. Mais um filho. A cama *Isidoro* gemia. Gemia mais do que Nhá Rosa. A mulher já fizera da maternidade um hábito. Quando toda a terra do sertão secava, Nhá Rosa fertilizava. Mandando para o mundo um rebento verde, que mais tarde comeria barro, caçaria rolinha e ficaria trabalhando na prensa de algodão de Pedro Azevedo. Ou talvez fizesse mesmo agricultura. Sempre haveria um lugar na fazenda de Pedro Azevedo.

Pois Nhá Rosa estava assim de novo. A barriga volumosa crescera tanto que ela já nem podia abaixar-se para servir os outros filhos. Parece que a mulher bebera a fertilidade da terra. Qualquer dia, Compadre Neco, que estaria pastoreando gado, receberia mais um chamado:

– Ei, Compadre Neco, Nhá Rosa tá parindo!

Ele viria calmamente ver, de acordo com o vagar das pernas velhas e com a repetição de um ato comum, o novo filho. Claro que tinha curiosidade de saber se era menino ou menina. Chegando no rancho, olhava para dentro e via a parteira, Dona Catarina, lavando as mãos. Aquelas mãos calejadas e sujas que conheciam a intimidade de quase todas as mulheres pobres da redondeza. Aquelas mãos que introduziram na vida muitos daqueles meninos que hoje comem barro e apanham algodão. Ela enxugaria as mãos na saia de xadrez, riria para Compadre Neco, de um modo sincero que traduzisse a perícia de seu trabalho, e sairia. No fim do mês, quando saísse o pagamento, Compadre Neco procuraria pela velha Catarina, levando para ela uma nota de vinte mil-réis. Pedro Azevedo, assim que soubesse do nascimento, visitaria Nhá Rosa. Sempre fazia assim. Dava boa-noite para ela, pedia para olhar a criança. Achava que era bonita e espiava para o velho Neco. O compadre vaqueiro abaixaria os olhos. Não por vergonha. E mesmo porque Pedro Azevedo compreendia bem o sertão. Ele também era sertanejo.

Chicão pensava tristemente nisso tudo. Não era possível que em outra parte não houvesse uma vida que compensasse mais. Aquilo não podia estar certo.

•••

Pedro Azevedo encostou-se no mourão da cerca, olhou o horizonte e balançou a cabeça de um jeito muito significativo. Virou-se e dirigiu-se para o alpendre. Tornou a encostar-se no cata-vento. Olhou a pá do moinho. O vento morno fazia girar o moinho devagar. Levantou a vista para o poente. Todos os anos, naquele dia, marcava bem o dia 19 de outubro porque era dia de seus anos. E sondava o céu. O sol desaparecido avermelhava as nuvens, dando-lhes um tom arroxeado de tragédia. O poente estava vermelho que nem fundo de mocó. Era o sinal da seca. A seca que atingiria menos as terras de Pedro Azevedo, a região de São Tomé, do que qualquer outro recanto do sertão do Rio Grande do Norte.

O Seridó racharia as suas terras. O Apodi sofreria as mesmas consequências funestas.

Os olhos de Pedro Azevedo se encheram d'água, com o primeiro sinal da aproximação da seca. Era infalível o modo de pesquisar o tempo. Nunca se enganara. Todos os anos, no dia de seus anos, ficava ali observando. Quase sempre os seus olhos riam. Mas dessa vez, não.

Eles tinham espelhados dentro toda a tristeza, todo o reflexo da miséria da seca.

Quantos olhos ansiosos não estariam, nesse momento, espiando o céu?

Quantas preces não surgiriam, entrecortadas, do povo pobre do sertão, que olhava o poente se incendiando? Aquelas manchas de fogo, arroxeadas, começariam a devorar o céu e depois se alastrariam pela terra em forma materializada de seca.

Podia ser que viesse apenas um ano sem chuva. Podia ser que viessem três, quatro anos consecutivos.

As terras de Pedro Azevedo não sofreriam muito com a falta d'água.

Mas, mesmo assim, sofreriam. Qual a terra que não se ressente com a ausência da água? Em comparação ao resto do sertão, a desgraça ali seria menor.

Pedro Azevedo chorou. Abaixou a cabeça e as lágrimas desceram-lhe até a gola da camisa. Não chorava só por ele. Chorava mais pelos outros. Pelos sertanejos pobres que iriam perder tudo. Pela vida nova que se desencadearia para eles. Uma vida nova, que talvez já tivesse sido vivida, mas onde sempre havia uma esperança de que nunca mais se repetisse. Agora, seriam dispensados. Arrumariam as trouxas e caminhariam, sem destino. Procurando um lugar onde houvesse água. A poeira das estradas encrustar-se-ia em suas peles. A carne sumiria de seus corpos. Caminhariam. Caminhariam. Caminhariam até a morte. Grandes e empoeiradas são as estradas do sertão que levam à morte.

Os flagelados começariam a passar. Muitos chegariam até a fazenda de Pedro Azevedo e aí buscariam inutilmente um refúgio. Ele deixaria cair os braços e com os olhos cheios d'água ofereceria um pouco de carne-seca e duas cuias de farinha. Mostraria, com o olhar, o desalento da sua terra, que também se rachava, e o seu açude resumido numas poças de lama. E eles compreenderiam a linguagem calada da dor. Era o destino. Era a seca.

Outros donos de outras fazendas também chorariam, quando chegasse o momento de ver partir os moradores fiéis. Acompanhariam tristemente o caminhar em fila de uma gente que era sua. Que fazia parte do seu próprio ser, desaparecendo. Desaparecendo contra o fogo do sol poente, deixando apenas silhuetas negras de farrapos e de miséria, que caminhariam, caminhariam sempre.

Para esses, viria o drama das estradas. A dormida embaixo das árvores descarnadas. A seca ardendo toda à sombra da vida. A fome, o desejo mau de matar até, se fosse possível.

Pedro Azevedo se lembrava de um que perdera a mulher e os filhos e que chegara um farrapo até a soleira de sua porta. Os olhos quase não se abrindo mais, numa semelhança de risco de sujeira, e a garganta dando a impressão de ranger e não falar.

A vida estava pondo naquele resto de homem a "loriana" da morte.

Ele pôde estender as mãos, que mais pareciam gravetos, e pedir entre uivos mortos: água!

Foi bebendo devagar e seus olhos se iluminaram. Foram brilhando. Brilhando cada vez mais. Olharam o vulto de Pedro Azevedo como se o abençoassem. Depois foi falando aos poucos:

– Eu... vim seu... Pedrinho... Móde lhe roubá... Mas num tive força... Móde lhe matá... inté... Me perdoe...

Foi virando a cabeça lentamente. Uma lágrima tinha se secado contra o rosto amarelado e rachado, formando uma linha de luz.

O homem morreu nos seus braços. Viera para matá-lo e morrera ali.

Era vítima do flagelo. Mais uma vida que se fora atacada primeiro pelo desejo mau de roubar e de matar. Antes, aquele homem deveria ter sido o morador mais honesto que remexia as terras do eito. Quando o sertão estava verde e úmido, aquele homem jamais pensaria assim. Mas a seca o enxotou para longe do seu rancho. A seca consumia, esfomeada, toda a imagem da vida, criada à imagem do seu próprio esforço. Os filhos não resistiram às estradas. A sombra verde da quixabeira serviu de derradeiro repouso para a mulher, que resistiu mais do que o papagaio. Ele foi fazendo buracos. Aliás, não precisava cavar. Era suficiente alargar um dos buracos que a seca rasgava na terra amarela. Juntar pó, por cima. Fazer uma cruz com um pedaço espinhento de faxeiro. Rezar uma oração a padre Cícero do Juazeiro. Virar as costas e continuar caminhando de encontro ao sol da tarde. Era outra silhueta esfiapada caminhando contra a luz.

Outros homens, pensava Pedro Azevedo, teriam mais forças ou talvez mais sorte e chegariam até as cidades do agreste. Ele mesmo já tinha visto, na feira do Alecrim, em Natal, homens que chegavam do sertão.

HOMENS! Chamar aquilo de homens! Aqueles seres que se fartavam de água. Depois, saindo à procura de comida pelo amor de Deus!

A comida, que a água bebida ensinava o estômago a reclamar.

E eram muitos os homens estendendo as mãos para a caridade. Formando uma paisagem podre que faria doer a vista do citadino.

Aqueles seres, para o higiênico, limpo e sadio homem da cidade, não podiam ser semelhantes seus, por mais que a religião de Cristo propagasse que sim.

Aquilo era mais uma fileira de caranguejos, recém-saídos da imundície dos mangues. Trazendo o odor, a catinga da lama dos brejos negros do Rio Potengi. Aqueles não podiam ser homens. Aqueles olhos que chamejavam inveja e cobiça por tudo! Aqueles olhos trazendo uma marca de vingança, uma vontade de matar e de roubar, não eram de seres humanos. Eram, sim, de brutos, que não se importavam mais com o significado de civilização e de humanidade. Eles roubariam porque a seca tudo lhes roubara, deixando tanta coisa para o homem da cidade. Eles matariam porque a seca deixara as suas esperanças misturadas com o pó rachado do sertão, completamente mortas. A seca deixara, entretanto, para os homens da cidade, um ar sombrio de superioridade.

Pedro Azevedo se lembrava de quando os flagelados invadiram o sítio da viúva Barreto, no centro da cidade de Natal. E ninguém pôde fazer nada. A família refugiou-se no segundo andar da casa e ficou vendo os flagelados invadindo tudo. Aquele enxame sujo de formigas devastadoras. Formigas humanas e famintas. Arrasando as mangueiras, os pés de sapoti, os cajueiros e tudo o que estava ao alcance das garras do estômago.

Comiam, lambiam os beiços arroxeados. Deitavam-se sobre a relva do jardim e bebiam a água lodosa e morna do repuxo. Aquela água, capaz de produzir febre tifoide, tinha para eles um sabor divino. Era água. A água que fazia a seca. A água que matava as vidas. Que rachava a consciência dos homens, que brutificava os espíritos puros. A água que secava nas nuvens. Que fugia do contato da terra. A água que, pelo símbolo do batismo, purificou desde o começo dos séculos o espírito dos homens. A mesma água, a água formada de hidrogênio e oxigênio. H_2O. E que agora transformava os homens, os mesmos espíritos purificados pelo batismo, em simples bestas selvagens. Em homens que podiam matar. Homens que passaram a vida construindo e que agora manchavam as mãos no lodo da destruição.

Que traziam vingança nas chispas dos olhos e desejo de sangue nas pontas dos dedos...

Pedro Azevedo olhou o moinho que girava as pás no vento morno de outubro. Ele prenunciava uma desgraça que teria de vir. Podia ser um ano. Poderiam ser vários anos... Hoje, dezenove de outubro. Dia dos seus anos. Então ele chorou mais.

Chorou pela incompreensão da vida. Chorou porque nem os seus olhos nem o seu coração tinham ainda secado.

• • •

Chicão olhou para o pátio da casa de Pedro Azevedo e enxergou-o parado, limpando as mãos nos olhos e espiando o pôr do sol. Compreendeu tudo.

Correu como louco. Abriu a porteira e encaminhou-se para o açude.

Parou um momento e observou suas águas turvas. Ali havia água para mais três meses.

As marrecas selvagens, que chegam com o fim da tarde para dentro das águas, mergulhavam rápidas. Os tetéus levantavam voo com grande alarido, pressentindo a presença do homem.

Passou as mãos pelos olhos e continuou a correr por sobre a barreira que circundava o açude. Desceu a encosta e tomou o caminho da serra. Foi galgando a subida. Parava, às vezes, para respirar. Por ali, ainda se via muito algodão plantado. Nas ramas se encontrava muito capucho de algodão que escapara à mão do colhedor no tempo da cata.

Chegou finalmente no cimo da serra. Tomou o caminho da pedreira. Ali estava a pedra mais alta. A pedra do Mocó. Que era sua, desde menino.

O açude embaixo, tomando uma cor de aço com a chegada dos primeiros escuros da noite. As outras serras, além, passando de azuladas para um tom sombrio. Os tetéus gritando sempre à beira do açude. Os campos tosquiados. Os juazeiros e as quixabeiras transformavam o verde das copas em negro. O rancho além. A fumaça que subia da prensa e das máquinas de descaroçar algodão. A casa de Pedro

Azevedo. A velha Catarina, que passava com as pernas bambas, na estrada do caminhão. As filhas do velho Venâncio que voltavam da roça, em fila, com as enxadas às costas. As últimas mulheres retardadas, lavando roupa na aguada. Trabalhando mais depressa, porque dentro em pouco era a hora das almas penadas perambularem pelas terras.

O velho Neco chegava a cavalo da pastoreação do gado. Vinha reunindo a boiada e aboiava. O aboio, que repercutia ao longe, formava milhares de vozes estranguladas no eco da serra:

– Ei! Brabuleta!... Malhada!... Ô, Sucuri... Ê, bô-i-i!... – Era o sertão de Chico. O sertão que ia começar a sofrer sem a canção do inverno...

Foi então que Chicão se virou para o pôr do sol. Sim. Era verdade. Ali estava o céu, vermelho como o fundo de um mocó. Céu em fogo. A seca, esse ano, viria brava. Terrível. Impiedosa.

Chicão deixou cair os braços e sentou-se desanimado sobre a pedra morna...

•••

Quatro meses se passaram. O mês de janeiro estava se acabando e as chuvas não vieram. As notícias é que chegavam.

– O vale do Seridó está completamente sem água!

– E o Apodi? Está virando esterco, de secura! As vozes comentavam baixinho, com medo de trazer desgraça:

– Se é que num chove nesses dois mêis, teremo uma seca mais feia do mundo...

...Os dois meses vieram e a água não veio. Estava adormecida nas nuvens. Esquecera-se dos homens.

Principiou a derrocada. O sertão do Rio Grande do Norte começou a rachar. O sol de fogo abrasava toda a natureza. Parecia até que, por castigo do Divino, o sol brilhava noite e dia sem parar. As levas dos flagelados principiaram a engrossar. Vendo que não chovia mesmo, a inquietação veio morar nas almas dos pobres moradores. Deveriam sair? Caminhar? Andar à procura de lugares em que diziam ainda haver água ou um resto d'água? Mas quem sabe, se eles demorassem mais uns dias, se a água não viria? Tinham feito rezas e novenas para padre Cícero do Juazeiro. Era capaz de chover mesmo.

Os dias se passavam e não chovia, não. Então, eles deviam caminhar.

Antes que fosse tarde. Não ia chover de jeito nenhum. O mês de abril apareceu e a poeira aumentava. O calor devorava tudo, paradamente. O horizonte estava pardo e uma cortina de pó vermelho levantava-se contínua, contra o céu.

Então, a gente pobre do sertão se decidiu a caminhar. Olhou para os campos secos, para aquela terra ressecada e esquecida. Olhou para as paredes do rancho de que até ali tinha guardado a ilusão sublime de um lar. Olhou para o gado magro do patrão, mugindo dentro da poeira dos currais. Olhou para o resto do açude, que secava cada vez mais... E começou a caminhar.

As filas dos flagelados, as levas dos viajantes da miséria se puseram em marcha, em todas as direções, para todas as direções, em qualquer direção. Mas sempre na trilha da esperança. Mas eles já saíam tardiamente. Muito tarde mesmo. À última hora. Até àquela última hora eles pensaram que a chuva ainda pudesse vir.

Mas agora... teriam de caminhar depressa, senão...

E de todos os cantos do sertão, pés calejados começaram a bater por todas as estradas. Num rumo sonhado, mas um rumo tão certo quanto a certeza de que a água não viria...

•••

No começo, as serras foram ficando pardas. Depois, Chicão espiou os campos. A seca vinha chegando mesmo. No rancho de Compadre Neco, a última criança já fizera quatro meses.

O verde foi ficando avermelhado, em qualquer canto que se espiasse. Não havia barreiras que detivessem o avanço impiedoso da seca. O céu se modificava em duas tonalidades apenas: do vermelho cor de fogo ao vermelho pesadamente cor de chumbo derretido.

Nas terras de Pedro Azevedo, um pouco mais atrasadas do que nas outras terras do sertão, os primeiros sintomas da seca apareceram. E progrediam rapidamente.

O campo de algodão era todo uma fogueira vermelha de ramos retorcidos. A terra rachava como o coração humano rachava.

Dentro de alguns dias, a boiada de Pedro Azevedo seria levada, com muito cuidado, para a outra aguada do lado da serra.

Os pés de oiticica, as craibeiras e os próprios pés de mussambê estavam secando, secando.

A seca vinha aproximando as suas garras até o centro do terreiro da fazenda.

O calor desanimava tudo. A paisagem. Os bichos. As ovelhas se deitavam na sombra da casa e baliam incompreendidamente.

Os guinés continuavam a fazer "tô fraco" pelo quintal. As galinhas, buscando sempre a sombra de um pé de limão, que riscava no chão uma sombra de polvo.

O gado, dentro do curral, espiava para fora, guardando quase uma acusação dentro das pupilas grandes, escancaradas. E a paisagem refletia-se morta dentro dos seus olhos.

O vento parara de todo. O calor carcomia tudo. A poeira levantava-se da terra, formando fumaças constantes. A pá do moinho paralisara. E quando vinha o vento, era para aumentar ainda mais a poeira. As terras de São Tomé estavam sofrendo. Os homens ainda mais.

– Chicão, Chicão! O açude está secando! O sertão está secando!

O pensamento esmagado de dor gritava aos ouvidos do seu desespero.

– E enquanto isso, Chicão, no litoral, o mar continua verde, impelindo as suas águas contra as praias recortadas de sargaço. Enquanto isso, o peixe não falta nunca! Aqui a carne-seca se acabou! A carne-seca também no gado vivo, Chicão!

Chicão passou a mão pelo pescoço suado, apertou a cabeça entre os dedos e caminhou lentamente. Abriu a porteira, que gemeu de triste, e se encaminhou para perto do açude. A barreira estava poeirenta. As águas haviam emagrecido. Aqui e ali, ainda existiam poças de lama. Os tetéus continuavam, como sentinelas, como carpideiras no velório das águas. Esvoaçaram quando viram Chico. Seu alarido agora era muito menor. Mais dia ou menos dia, voariam para longe, para onde houvesse água. Ficavam até o último momento num gesto de cordialidade. Às vezes, morriam de sede, sem que alcançassem outro açude ou poças de lama de outro açude.

As rolinhas, que no tempo do inverno enchiam a beira do açude, de há muito tinham procurado novo pouso. As árvores da serra estavam dizimadas.

Perto das poças, havia couros de sapos, espichados, vítimas também do flagelo. Só os faxeiros pareciam não sentir a calamidade...

Chicão ajoelhou-se na terra rachada do açude. Ali naquele mesmo canto quantas vezes não se banhara? Tudo era pó. Terra seca, negra, quebradiça. Tomou um pedaço endurecido entre os dedos e o foi triturando raivosamente. Por que acontecia aquilo assim? Por quê? Por que a terra, que podia ficar tão úmida do inverno, estorricava-se agora assim?

Teve vontade de chorar. Não! Não choraria! Iria embora. Caminharia como os milhares de outros caminhantes, de mendigos, de flagelados. Mas não ficaria ali, de braços cruzados, vendo a seca aumentando cada vez mais. O açude definhando em poças de lama. E as poças de lama se acabando por sua vez.

Não ficaria ali. Nunca! Subiu a barreira do açude e olhou-a duramente.

Então, o açude rachado, miseravelmente, com as ramas de fedegoso levantando-se para o céu, dava naquele momento a impressão sarcástica de uma enorme travessa de barro, onde os fedegosos nada mais eram do que espinhas de peixe. E o pirão... E Chicão deu uma gargalhada... Sim, o pirão era feito da poeira suja da própria terra.

Um tetéu, assustado, voou dentro da tarde, soltando um grito de triste abandono.

Capítulo Nono

A GENTE QUE NÃO PARA

Chicão estava desesperado. Olhou a tarde. O sol incendiava tudo. Os campos, a serra, o horizonte, tudo rubro. Uma luz intensa que feria os olhos, dando a impressão de que até a alma se debatia entre a poeira asfixiante e vermelha.

Atravessou a porteira. Ia espiar o açude. De vez em quando, uma rês com saudades das terras dali fugia das vistas do vaqueiro e, atravessando os terrenos secos e a distância, vinha procurar a água do antigo açude. Chegava cambaleando. Às vezes, vinha morrer na sua beira seca.

Isidoro, o papagaio de Chicão, voou e pousou no moirão. Ficou chamando:

— Chicão! Chicão boi!...

Chicão se virou e murmurou tristemente:

— Sai daí, desgrenhudo! Num dá o fora daí, pra tu vê. Coidado, se passa um fragelado e se te pega... era uma vez um loro!

Foi olhar o açude. A doença do açude. Estava seco. Completamente seco. Breve os tetéus morreriam de sede ali por perto. O tetéu que tem a alma de sertanejo, que não abandona nunca a terra. Que prefere morrer ali sem forças.

Chicão olhou a paisagem. O desalento rachado na paisagem. Que tristeza! O chão se estorricara todo. O açude rebentara em valas de areia desfiada. Ali, que tinha sido a cama das águas, quando o pé passava, levantava-se agora um jorro sufocante de poeira. Os fedegosos, de pé, como sentinelas macabras. Não havia uma gota d'água. Nem sequer uma poça de lama. A garganta de Chicão ardia. Não era de sede, não. Era mais da poeira que se entranhava corpo adentro. Para os moradores do sítio, sempre ficava água na cacimba do Diabo, que dava para aguentar um período grande de seca. A cacimba nunca secava e ficava entre um desfiladeiro de pedras. O povo ia ali buscar água para beber e para as necessidades mais prementes.

Olhou a serra, que estava marrom. Marrom de esqueletos de árvores. Marrom de milhares de garras retorcidas. E aquilo ali tinha sido verde. Até os pés de jurema tinham se reduzido a troncos. Troncos roxos. Os faxeiros, os sodoros, os xiquexiques ostentavam os seus dedos de espinhos, completamente escurecidos. Nos campos de algodão, os pés de palmatória ficavam guardando uma lembrança de verde. Mas as plantações de agave adquiriam umas riscas amarelas. E disseram que aquela planta aguentaria toda a seca que viesse. Entretanto, só ia fazer um ano de seca e o amarelo começava.

Um ano de seca! Um ano de martírio!

Quando chegou de novo o dia dezenove de outubro, seu padrinho Pedro Azevedo não se lembrou de que estava fazendo anos.

Lembrou-se, sim, quando chegou a tarde, de postar-se junto ao cata-vento.

Primeiro olhou os campos. Há um ano, tudo ali era tão verde!

Esperou o pôr do sol. E abanou a cabeça negativamente. Não. Não choveria. Tão cedo, não. A chuva se esqueceu da terra. O sol de fogo reinaria ainda por muito tempo no céu. E bastariam só dois dias. Só dois dias de chuva, e muita melhora se daria no sertão. Mas não choveria. A seca ia continuar o seu segundo ano de sucesso.

Pedro Azevedo baixou a cabeça. Pensava na tristeza da sua vida. Devotar toda uma existência lutando por uma terra. Lutando por uma terra!

Ali gastara a sua mocidade. Fora ele que, naquelas paragens, trouxera as primeiras máquinas. O primeiro arado. Lembrava-se de como os outros fazendeiros estranhavam aquilo. Custou, usando de muita paciência, a convencê-los de que o desenvolvimento da agricultura, o futuro dos campos, dependiam das máquinas. Que, com o seu uso, a força do homem seria economizada. Houve muita relutância a princípio, mas os outros, vendo que Pedro Azevedo tinha maior rendimento de trabalho em menor tempo, começaram a compreender que ele tinha razão. E as máquinas puseram-se a funcionar nas outras fazendas.

Entretanto, o tempo passava. Vinha a seca. Havia desânimo e muita luta.

Dois anos de inverno, seguidos. A safra de algodão era boa. Dava para pagar todas as dívidas. Já no ano seguinte o inverno era fraco. Aparecia uma seca muito menor. Vinha uma boa chuvada. Novas esperanças. Dívidas pagas. Surgia então, pelo horizonte, uma seca de três anos a fio.

E acontecia como agora. Mas ele não amaldiçoava a terra. Era da terra que tirava a sua paciência e a sua resistência. Não blasfemaria contra aquela segunda mãe. Tinha lutado toda a sua vida e não se considerava velho. Haveria de vencer a seca, como a vencera das outras vezes. Se haveria! Deus ajudava. Com a seca ou com o inverno, ele tinha vivido até ali. Boa ou madrasta, a terra educara os seus filhos. Liberato agora já era doutor e até pensava em se casar...

Sem reparar, a noite foi chegando morna e abandonada.

Então, ele entrou. Era dia dezenove de outubro.

Com ele, no sítio, só ficava Donana. Os filhos estavam em Natal, na sua casa da Avenida Rio Branco. Sentia-se só. Mas os filhos, lá, não sofreriam tanto. Teriam água para banho e afastariam a vista da miséria e do emagrecimento do sertão.

Donana veio chamá-lo para o jantar. Aquela era a outra boa terra.

Terra de fibra. Sertaneja até o último momento. Lutando com ele. Dividindo com ele angústias e preces. As lutas e os desânimos. Outra, teria buscado refúgio em Natal, junto dos filhos, longe da seca. Mas não. O seu lugar era ali, perto de Pedro Azevedo. Ela era mais que mulher naquele ambiente. Um incentivo à luta.

As luzes da sala estavam acesas. A mesa posta. Iam começar a janta.

Chicão entrou. Pediu a bênção.

– Vamos cear, Chicão.

– Obrigado, padrinho. Mas num tenho desejo.

– Descobriu alguma novidade?

Pedro Azevedo perguntava aquilo, quase receoso. Na certa, havia acontecido.

– Não, padrinho. É... que... É que...

– O que há, Chicão? Por que não fala logo?

Chicão tinha uma bola na garganta. Seus olhos se encheram d'água.

– Eu...

Pedro Azevedo compreendeu. E foi adivinhando os pensamentos dele em voz alta.

– Você vai embora, não é, Chicão? Não aguenta a seca, não é isso?

Chicão balançou a cabeça confirmando, mas sem levantar os olhos da terra batida da sala.

– Então, Chicão Boi vai embora...

Pedro Azevedo não falava com raiva. Nem estava sentido porque o rapaz queria sumir daquele ambiente de desgraças. Sabia que Chicão tinha razão. Podia ir embora sem remorsos porque não era dono de coisa alguma. Não tinha que zelar por uma responsabilidade que custara toda uma vida de dedicação. Ele nada tinha. Outros moradores emigraram há mais tempo. Sentia que o rapaz se fosse. Isso sentia. Nunca conseguira domar a liberdade excessiva de Chicão. E apesar do seu gênio estranho e pouco apegável a qualquer serviço, Chicão era muito trabalhador. Que ia fazer falta, todos os minguados moradores da fazenda podiam calcular.

– Então, você também quer me deixar?...

As lágrimas pingaram dos olhos de Chicão até o chão.

– Pode ir, meu filho. Pode ir.

– Tem uma coisa, padrinho. Eu vô imbora sim. Mas faço antes um trato com o senhô. Eu fico durante mais um meis. Se nesse tempo a chuva vortá, eu continuo aqui. Mas se não... Eu não quero morrê aqui. Nunca tive medo de morrê. Mas num hai de sê ansim desse jeito. Por outra pessoa eu num ficava mais nem um dia...

Fez uma pausa e depois continuou, vencendo a grande emoção que lhe tolhia a alma.

– Mais eu sei que o senhô tá cum poca gente. E que eu vô fazê munta farta. Sei que Padrinho Neco tá véio.

Olhou para o padrinho e Donana, fixamente.

– Eu fico ainda um meis, pra ajudá o senhô... Virou as costas e saiu.

Donana comentou para o marido:

– Um bom rapaz, Pedro. Um bom rapaz. Doído. Mesmo com fama de cigano e sem peias como ele é. Mesmo assim é um bom rapaz.

– Eu sabia que ele um dia iria embora. Até me admirei de que ele tenha aguentado tanto. Se pudesse, eu o reteria aqui. Mas não tenho esse direito. Não exijo tanto dos que são meus filhos, meus filhos, em cujos nomes estão todas as minhas terras; por que irei exigir isso de um rapaz que nunca soube o que é ter nada? De uma alma brava e forte, que nunca se prendeu a coisa alguma?... Deixo que se vá... Só quero que Deus o abençoe...

•••

...E o mês foi passando, mas a chuva não vinha. O horizonte continuava vermelho como a necessidade humana. Uma tarde, Compadre Neco chegou e trouxe a triste novidade. O coração de Pedro Azevedo quase estourou de dor. Era aquele o momento que mais temia.

– Temo que dividi o gado, compadre Pedrinho. Senão a aguada seca.

Pedro Azevedo já sabia o que aquilo significava. A seca devia estar numa proporção como não chegara ainda. Talvez o sertão do Rio Grande do Norte nunca tivesse conhecido um flagelo assim. Quando até a aguada ameaçava secar!

Limpou a testa que porejava um suor frio. Não precisava dizer ao Compadre Neco o que era necessário fazer. O velho conhecia o sertão tão bem quanto ele.

– Amanhã dividiremos. Quem pode nos ajudar nesse trabalho?

– Temo Chicão e mais dois fio de cumadre Castorina.

– Está bem, compadre. Amanhã de manhãzinha começaremos o serviço.

Quando veio a madrugada, já Pedro Azevedo estava pronto. Caminhou até o rancho de Compadre Neco. Viu que o seu cavalo já fora encilhado. Deu bom-dia para Nhá Rosa, que chegara à janela.

– Cadê Chicão?
– Já foi na frente, cumpáde.

Montou e saíram em direção da aguada. A manhã vinha surgindo morna e abafada. Os primeiros rasgos de luz vermelha, anunciando o sol de fogo, apareceram no céu.

Iam trotando lado a lado. Ninguém dizia nada. Pedro Azevedo observando a desolação de tudo. De tudo. E nada havia quase. A paisagem, o aspecto de todos os cantos era o mesmo. Um desânimo grande se apossou de sua alma.

Tomaram o atalho que contornava a serra. Não adiantava mesmo conversar. Para quê? Sobre o que iam fazer? Todos já sabiam o que tinham a realizar. Chegados lá dividiriam a boiada em duas. O gado importante ficaria com a aguada. O outro ainda seria dividido em dois. Um dia uma parte beberia. E no outro seria a vez da segunda divisão. Porque assim sobrava água para o gado mais puro e melhor. Esse nunca seria afastado da aguada, mas beberia apenas uma vez por dia. Um dos homens da fazenda tomaria conta, para impedir que qualquer das divisões voltasse a beber. Urgia que racionassem a água, porque ninguém sabia quanto tempo ia durar a seca. Nem quanto tempo resistiria a aguada. Os outros dois bandos sofreriam muito mais e ficariam provando até onde aguentaria a resistência física de cada animal.

Na certa, quando a água viesse morar novamente no sertão, de centenas de cabeças, apenas algumas voltariam a bebê-la no açude.

Fizeram a divisão da boiada. A tristeza nos olhos dos bois parecia traduzir compreensão da tragédia. O coração de Pedro Azevedo se partia também.

Levaram os outros dois bandos para uma distância bem considerável da aguada. Era uma fila de gado, lenta e triste, que, com o passar dos dias, iria minguando, minguando...

Lá se foi Chicão aboiando, dentro da manhã seca; cantando e levando o gado para uma inanição necessária.

– Rebolo!... Ei! Sucuri!... Sai da frente, Baronesa!... Ê... bo...i...

A poeira que eles levantavam encobria a paisagem inanimada.

Quando vinha a noite, Chicão aparecia na fazenda para dar notícias da morte do gado. E durante um mês lutou como um cão. Vivia pelos campos em fogo, suspendendo o gado que caía. Ficava com os olhos cheios d'água e desespero vendo os bichinhos caídos, morrendo. Bichinhos que ele criara. Que fora acompanhando desde que nasceram. Ele mesmo gostava de arranjar os nomes. Descia do cavalo, aproximava-se do gado tombado. Enlaçava o pescoço do animal com os braços fortes e, com palavras de carinho, que ainda surgiam de dentro da garganta ressecada pela poeira, ajudava-o a levantar. Era um gesto inútil. O gado cada vez se tornava mais fraco. A água que sumia. A ração diminuindo. E a seca tostando, arrasando, matando, dizimando. O animal ficava de pé por mais algumas horas, depois as pernas bambeavam; a vista confundia a paisagem que balançava dentro da luz brilhante... Vinha uma "loriana" e o corpo se estendia sobre o solo avermelhado. Chicão vinha de novo. Abria um pouco a sua cabaça d'água e molhava os beiços escaldantes e rachados do animal. Tornava a enlaçar o pescoço do bicho caído e, com as mesmas palavras, tentava reerguê-lo. Palavras de uma alma brava e bruta, consolando os outros animais que morriam. Sempre era muito tarde.

Os urubus rodeavam os campos continuamente. Os campos se cobriam de caveiras e ossadas de boi. As cabeças descarnando-se dirigiam impressionantemente os chifres pontudos para o céu.

Um mau cheiro a carne podre recendendo subia daquelas bandas. A catinga pútrida, se enlaçando na poeira asfixiante, projetava-se nos espaços sem vento...

Um mês se passou e a chuva não veio.

Chicão caiu de joelhos e teve vontade de morder a terra. Morder o coração, a parte mais sensível da terra impiedosa, que aos poucos ia matando toda a vida. Olhou com os olhos em fogo a paisagem desgraçada do sertão. Os campos cobertos de esqueletos abandonados. Aquele mau cheiro se alastrando por dentro dele. Sentiu-se agonizando no meio daquela desgraceira toda. O horizonte faiscava de rubro. O sol de chumbo. As montanhas tremendo no meio de tanta luz. O calor devorando tudo. Os campos estorricados. A terra esfarinhenta cor de bronze, peneirando sempre a mesma cortina de pó para o céu. Os faxeiros, os sodoros, os xiquexiques, as árvores adormecidas, os galhos como garras, as pedras dos caminhos, fervendo, fervendo, fervendo...

Toda a paisagem se confundindo. Todos os reinos da natureza se transfusionando nas entranhas da seca. A seca. A seca... A seca...

Odiou a terra que morreu. Fechou os punhos fortes e ficou batendo na terra. Batendo alucinadamente. Batendo até que o sangue corresse das suas mãos. Até que o corpo fosse tombando enfraquecido pelo esforço...

Depois, foi-se sentando devagar. Olhou novamente a paisagem. Jogou o rosto entre as mãos ensanguentadas e chorou. Chorou aos uivos, enlouquecido, com a baba escorrendo até tocar na terra insensível e morta...

•••

No começo ficou completamente desorientado. Talvez devesse ir para Natal. Lá, poderia trabalhar nas imediações do cais. Descarregar fardos de algodão. Lá, não haveria por certo a falta d'água. Ali estariam as águas do rio, com os seus botes, alvarengas, barcaças, navios e iates. O Rio Potengi ondulando, sempre verde. Não! Não poderia ir para Natal. Chicão queria esquecer o sertão. Para sempre. A terra morrera. Indo para Natal, forçosamente encontraria os filhos de Pedro Azevedo. Eles seriam então uma constante reminiscência daquilo que não queria mais saber. O sertão que morrera.

Então, lembrou-se de que ouvira falar das salinas de Macau. Lá, os homens não morriam de fome. A subsistência era garantida. Diziam que eles se enterravam dentro do mar, com pás e picaretas, e tiravam o sal. Nem que fosse salgada, mas a água lá nunca faltava.

Caminharia para Macau. Sabia que a viagem poderia ser fatal. A distância, vencida a pé, com toda a dureza da seca, exigiria no mínimo um mês de caminhada. Mas ele chegaria lá. Já trabalhara nas estradas e conhecia todas as direções por onde deveria ir. Poderia atravessar o vale do Seridó. Ou também, e era o que estava inclinado a fazer, atravessar os sertões de Baixa-Verde. Em Baixa-Verde tomaria um trem que o levasse até Epitácio Pessoa. Depois, de lá, era fácil chegar até Macau.

E foi assim que Chicão deixou para trás as terras do Município de São Tomé. Deixou para trás, com a seca, as terras de Pedro Azevedo, o rancho de Compadre Neco e Nhá Rosa dando à luz todos os anos. Os moradores amigos. As filhas de compadre Venâncio, que continuavam, apesar de toda a agrura da seca, a trabalhar demais para não viçar... Todo sertão que criara sua vida foi se perdendo na distância.

Mas a miséria continuava atrás dele, como se fosse sua sombra, a se arrastar pelo resto do sertão.

O panorama da desolação ia aumentando à proporção que avançava.

Bem que Padrinho Pedro dissera que as secas nas terras de São Tomé eram benignas e quase não as atingiam por causa da proximidade do agreste.

Agora é que Chicão ficou sabendo o que era a seca. A seca de verdade.

Pelas estradas afora, o mundo tinha secado. Morrido. A paisagem era uma só. Impressionante. De horizonte a horizonte, as árvores tinham se transformado em troncos negros. Aquilo, sim, que parecia mesmo uma travessa de barro cheia de espinhas de peixe.

O céu se tornava cada vez mais cinzento dentro da luz do sol que devorava. Os morros, as encostas, as caatingas, as estradas, tudo, tudo tinha se rachado.

– Meu Deus!... A terra rachou!...

As fazendas apareciam esquecidas e sem voz. Pelas suas terras, restos de gado apodreciam, mostrando o branco dos ossos fétidos sempre se dirigindo para o céu.

Só encontrava ranchos abandonados. Ranchos de ninguém. Em quantos Chicão entrou, na esperança de encontrar um pouco d'água. Entrava. Esfregava a vista e dentro só havia silêncio e abandono. Ele respirava, nos seus interiores, um torpor de morte e esquecimento. Pelo menos podia descansar um pouco do calor. Havia sombra. Quantos voltariam para aquele rancho?... Voltariam um dia?...

Os dias foram se passando e Chicão caminhava. A seca aumentando e aumentando. A terra rubra, levantando a poeira que se transformava em cinza. O suor molhava-lhe as costas e descia por todas as partes do seu corpo.

De vez em quando encontrava gente. Gente que caminhava como ele.

Começava a avistar vultos negros se movendo no horizonte. Silhuetas negras jogadas contra o sol, que, aos poucos, vinham se aproximando.

Os olhos de Chicão distinguiam, a distância, o conteúdo completo daquela miséria que caminhava. Rostos chupados, sujos, encovados. Os ossos se sustentando dentro da pele, como por milagre. As roupas esfarrapadas, fedendo a sujo de terra e suor. Mochilas, redes, tipoias, ainda sustentadas nas costas daqueles seres confusos de homens ou cadáveres.

Olhavam-se mutuamente. Comparavam as suas misérias naquela troca de olhares. Viam que nenhum tinha água.

Davam um sorriso triste e continuavam andando. Se eles se virassem para trás, veriam que Chicão era também uma silhueta negra caminhando de encontro ao sol.

E dentro daquela paisagem roxa, rubra, cinza e negra, os juazeiros e as quixabeiras continuavam insensíveis, ostentando um verde. Um verde maravilhoso. Como se eles fossem o ramo verde da esperança, anunciando que o sertão seria verde um dia. Mesmo que aquele dia fosse curto como a eternidade.

Foi debaixo de uma quixabeira que Chicão viu uma família desistir. Aproximou-se. Eram cinco. Um pai e quatro filhos. Disseram que não podiam mais andar. E que iriam morrer ali mesmo. Chicão pediu-lhes que andassem, que andassem, que viessem com ele. Um homem não poderia ficar embaixo de uma árvore e esperar que a morte viesse. Mas eles não queriam mesmo viver mais. Ficaram. Os olhos chispavam febre ao fitar a paisagem igual. A paisagem que eles sabiam não terminar mais. Não se moveram. Nem mais falaram. Só os olhos febris grudados na paisagem oscilante.

Chicão calculou que dentro de dois dias chegaria a Baixa-Verde. Por isso, abriu o saco de viagem e repartiu com eles uma lasca de carne de charque. Saiu. Caminhava e pensava. Não devia ter feito aquilo. Aquele povo não queria mais viver. Pois que morresse. Talvez aquele pedaço de carne fosse servir para alguém que desejasse viver.

Depois, os campos não apresentavam só caveiras e restos de bois ou de outros animais. Os homens também ficavam ali abandonados, esbranquiçando os ossos e esperando os urubus. Somente os urubus, porque as minhocas morriam com a secura da terra. De vez em quando, com a aproximação do caminhante, levantava-se do chão uma quantidade enorme de asas negras. Bicos imundos se banqueteando em alguém. E esse alguém já fora também um ser humano e caminhara para a morte.

Todo mundo caminhava. As levas se sucediam às levas. Caminhavam em todas as direções. Flagelados procurando todas as estradas que os livrassem da seca. Andavam sem noção alguma de orientação. Muitas vezes, buscando a morte num lugar onde pensavam que ela estivesse longe.

Caminhavam. Queriam andar. O que importava era andar. Fugir ou aproximar-se inconscientemente da morte.

Que tristeza quando uma leva se encontrava com a outra e conversavam uma falação que dava impressão de sujeira. Que as palavras vinham misturadas com sangue sujo. Era uma fala rouca. Grossa. Pegajosa.

– Nóis vai pras banda de São Tomé...
– Num tem nada lá. Eu vô pras banda do vale do Açu...
– O vale do Açu num tem nada. Nóis veio de lá... E continuavam a caminhar mais desorientados. Mais fracos e com menos possibilidade de vida.

Chicão só possuía um pouquinho de carne de charque dentro da mochila. Escondia-se quando avistava ao longe uma leva de flagelados.

Os crimes começavam a se alastrar. Eram homens que se matavam por causa da sede e da água.

Fazendas e sítios eram assaltados. Os homens saqueavam por causa da sede e da água.

As consciências dos homens tinham secado. Eles matavam no derradeiro esforço de conservação.

Muitos eram mortos a bala nos terreiros da fazenda. Avistavam uma fazenda e pensavam que ali havia prosperidade. Dentro, o dono também tentava se conservar. Tentava vencer a dureza da seca. Eles vinham em bandos silenciosos e cercavam tudo. Gritavam, de dentro, que se fossem. Que ali nada havia. Mas eles não acreditavam. A bala sibilava e eles continuavam a avançar. Morriam, mas avançavam. Morriam como todo mundo morria. No sertão ou no pátio coberto de areia da fazenda. Tudo morria.

Por isso Chicão se afastava ou se escondia. Não queria falar com ninguém. Não queria ver ninguém.

A carne-seca fugira da mochila. Acabara. E ele tinha calculado que só faltavam dois dias para chegar a Baixa-Verde. Mas o sertão parecia que se esticara com a seca. As horas do dia demoravam tanto a andar. Os seus pés doloridos começavam a se cansar. Felizmente, sempre tinha sorte de arranjar algumas gotas d'água e guardá-las com cuidado dentro do cabaço. Não que no sertão houvesse água. Que esperança! Mas em toda cidade que passava ou em cada povoado sempre conseguia um pouco.

Nas cidades, era a mesma desolação. Os flagelados invadindo tudo. Estendendo as mãos magras. Implorando caridade. Lançando olhares amaldiçoados quando não eram atendidos e rogando pragas. Deitavam-se em qualquer canto. Era preciso que o padre tomasse até conta da igreja, porque senão eles a invadiriam também. O povo tinha se esquecido até de ter fé. Deus também não castigaria mais do que aquilo por que já passavam.

Pelos jardins ressecados de árvores amarelas, eles faziam seus arranchamentos. Felizmente, para o povo do local, nunca demoravam mais de um dia. Quando chegava a madrugada do outro dia, desapareciam como se fossem nuvens de gafanhotos carregadas pelo vento da miséria.

Depois, outras levas se sucediam. Vinha uma atrás da outra. Os flagelados se confundiam pelo mesmo aspecto. Todo mundo estampava na cara a mesma expressão fisionômica. A fome e a sede emagrecendo e encovando, com o sol tostando e enrugando os rostos, faziam que eles se tornassem parecidos. Assim acontecera com o sertão, que adquirira uma só paisagem, assim também aconteceu com os homens. Todos tinham a mesma cara.

Chicão descansava. Fazia o mesmo que os outros faziam quando chegavam às cidades. Ia procurar a casa do vigário. Pobre padre. Sua casa ficava cercada de molambos. De braços que saíam, emagrecidos, de dentro de molambos. Cabeças que surgiam de dentro de molambos. Vozes que surgiam de dentro dos molambos. Fome que falava de dentro dos molambos.

Era um monte de farrapos humanos. Um monte de lixo. Um carregamento de molambos. Dava até ódio tanta miséria. Se reunissem todos aqueles molambos num só monte e lançassem querosene em cima; se depois acendessem uma mecha de fogo, aquele povo arderia como percevejos. E talvez fedesse muito mais. Mas não, aqueles eram também seres humanos que se aproximavam de um outro ser humano e imploravam vida. O padre, pobre padre, que ajudasse, que pedisse a Deus que os ajudasse...

Depois, Chicão enveredava pelas estradas novas do sertão. Tinha que andar. A sua roupa já adquirira a tonalidade suja, e ele fedia como qualquer outro flagelado. Também começara a emagrecer. Dentro em breve chegaria a Baixa-Verde. Lá tomaria o trem. Era a salvação.

Caminhou muito. E caminharia sempre. As estradas, os ariscos, os atalhos, os campos continuavam vomitando restos de homens, enorme leva de flagelados. Gente que não parava. Não parava nunca. E tão pouco tinha conhecimento de que todas as estradas do sertão, rachadas como estavam, iam bater na encruzilhada da morte.

A seca aumentava. Parecia impossível que ainda houvesse mais desolação. Mas havia e ainda haveria mais. Já eram quase dois anos de seca. Dois anos sem que caísse uma só gota d'água. Ali, por onde Chicão agora atravessava, ninguém diria, por certo, que fora um campo de pasto ou um campo de plantação. Só havia terra e poeira. Era uma paisagem sem relevo. Ao longe, o horizonte se misturava. O céu de chumbo se unia com a terra vermelha. Estava ficando de tarde.

Não havia um juazeiro ou mesmo uma quixabeira onde Chicão pudesse armar a rede para esperar a noite, que viria, morna e abafada, como todas as outras noites.

De repente, avistou, ainda um pouco longe, um rancho abandonado. Encaminhou-se devagar. As forças começaram a fraquejar-lhe. A tarde tinha aumentado e a noite cairia rapidamente de uma hora para outra. As sombras já habitavam o interior do rancho. Entrou, amarrou a rede nos caibros do teto e sentou-se. Descansou as trouxas no chão. Friccionou os pés doloridos e recostou-se. Seus olhos foram se fechando. Bem que a garganta ardia de sede. Mas não beberia, não. Havia um pouco d'água no fundo do cabaço e ficaria para o dia seguinte. Amanhã precisaria de mais força, porque deveria chegar a Baixa-Verde. Todo o mundo que encontrava lhe dizia que não faltava muito. Ficou se lembrando do Sítio do Boqueirão. Lá, a essa hora, Padrinho Pedro estaria sabendo quanto gado morrera durante o dia. Bom homem aquele... Uma sonolência começou a pesar sobre as suas pálpebras. A noite ia amenizar o cansaço e a sede. Entretanto, pareceu a Chicão que algo se movia dentro do rancho. Um gemido acordou-o de todo. Pôs-se de pé. O cansaço com que ali chegara fora tão grande que nem se lembrara de examinar o rancho. Dentro da sacola tinha fósforo. Acendeu um e levantou-o para o ar. Seus olhos se molharam. Havia uma forma humana que surgia de dentro de farrapos sujos. Uma mão magra se estendendo para ele. Aproximou-se. Riscou outro fósforo. Um rosto murcho. Um esqueleto coberto com a fazenda amarela da pele riu para ele. Dois olhos pardos tiveram um tênue brilho de vida. A boca tentava mover-se, e a língua inchada quis falar... Chicão compreendeu que ele pedia água. Apanhou a mochila de novo. Arrancou o cabaço d'água. Riscou outro fósforo e ajoelhou-se perto do corpo. Levou a boca do cabaço aos seus lábios negros e rachados. Foi derramando o líquido, gota por gota. No começo, o outro mal movimentava os músculos esticados da face. Depois, veio a sofreguidão. A ânsia de beber. A água. A água, que ele não via há milhares de anos.

Chicão descansou aquela cabeça devagar. Tornou a dar-lhe mais um pouco de água. Só então viu que o cabaço também secara. Tudo tendia a secar-se.

Acendeu outro fósforo. Olhou aquilo que tinha sido um homem. Viu que aquilo falava agora. Muito fracamente. Encostou a cabeça junto dos seus lábios para ouvi-lo. Com surpresa, escutou seu nome pronunciado.

– Chicão!... Obrigado...

Ficou perplexo e perguntou:

– Quem é você, amigo? Cumo soube do meu nome?

– Eu... sô... Rivaldo. Vá durmi, Chicão. Você... tá cansado.

– Tá bem. Eu tô mesmo cansado. Deixo o cabaço perto de você. Se precisá de arguma coisa, role ele no chão, que eu acordo...

Deitou-se na rede. Estava pensando.

Aquele era Rivaldo. O maior dançador do Nordeste. O rapaz que melhor dançava o Boi de Reis... Era ele, aquele esqueleto embrulhado ali no canto. Rivaldo. A seca acabara com Rivaldo...

Quando acordou no dia seguinte, levantou-se e foi espiar o dançador. Tinha morrido. Ao seu lado, como uma sentinela da sede, estava o cabaço seco.

●●●

Um suor frio escorreu. Chicão passou a mão pela face. À sua frente, a paisagem era outra. As salinas ficavam ali adiante. E os navios estavam ancorados no Rio Açu. Não havia seca. Ele estivera desgraçadamente se lembrando daquele pedaço triste da sua vida. Mas as palavras do velho Malaquias continuavam a martelar-lhe os ouvidos.

– O seu coração é que rachou, Chicão!... Agora o verde domina novamente o sertão. Todo o vale do Seridó está reverdecido. Todo o Apodi e o vale do Açu. As terras de São Tomé se vestiram de verde. O rio se encheu de água. Só você morreu, Chicão... Só você.

Levantou-se e se encaminhou lentamente para dentro da noite, rumo ao Porto do Rogado...

Segunda Parte

BARRO BLANCO

Capítulo Primeiro

DOM MIGUEL

Quando Chicão, emagrecido, faminto e acabrunhado chegou a Macau, sentou-se na beira do cais e ficou espiando devagar para todo aquele cenário completamente novo.
As águas do rio corriam lá embaixo.
Descansou um bocado e foi organizando os primeiros planos. Lembrou-se de que em todas as cidades, soprado pela seca, a primeira coisa que fazia era procurar o padre do lugar. Faria o mesmo agora. Seu cansaço era tão grande, a ponto de não ter outro raciocínio. Estava entardecendo.
Desceu um pouco e foi lavar o rosto empoeirado nas águas salgadas do Rio Açu. Depois, atirou a tipoia aos ombros e caminhou.
Perguntou a alguém onde ficava a casa do padre. Ensinaram-lhe. E enquanto se dirigia para lá, já estava ciente de que o padre do local era um monsenhor. Monsenhor Honório. Um velhinho de quem todo mundo falava com respeito e bem-querer.
Andava lentamente, contando as casas. Devia ser aquela. Bateu com os nós dos dedos à porta. Enquanto esperava

que o atendessem, ficou examinando a miséria e a sujeira da roupa que vestia. Mas haveriam de compreender que tudo aquilo fora provocado pelo flagelo da seca.

Uma senhora veio atendê-lo. Disse-lhe o que queria. A porta abriu-se e ele ficou esperando no corredor.

Três minutos mais tarde, Monsenhor Honório apareceu. Era já bem velho. Tinha a cabeça completamente embranquecida, e mais branca se tornava ainda pelo tom bronzeado que o clima de Macau lhe incutira na pele do rosto.

Chicão foi convidado a sentar-se. A princípio não quis. Estava muito sujo. Mas o cansaço daquelas caminhadas reclamava no seu organismo.

Pediu primeiro um copo d'água. E então, titubeando no começo, contou para o velho padre toda a sua história.

Monsenhor Honório tinha vivido muito. Conhecia aquela história. Quanta gente vinda do sertão já não o procurara? Quantos contavam casos assim parecidos de tristeza? Era a história do Nordeste abandonado, contando apenas com a providência divina. Ouviu pacientemente. Quando o rapaz acabou, perguntou apenas:

– Você já jantou?

– Inhor não.

– Então venha comer comigo. Eu vou jantar. Assim poderemos conversar com mais calma.

Convidou Chicão a entrar. Levou-o para que lavasse as mãos. No começo, Chicão pediu para comer na cozinha. Mas Monsenhor Honório protestou.

– Eu conheço o seu padrinho Pedro Azevedo. E se um afilhado meu chegasse no seu rancho, no mesmo estado em que você apareceu aqui, ele não o deixaria comer na cozinha. É um homem muito bom.

Começaram a jantar. O estômago enfraquecido do rapaz ia sorvendo com avidez toda a espécie de alimentos. A fome dos últimos dias agora exigiria muito.

Monsenhor Honório, penalizado, disfarçadamente olhava a voracidade com que ele comia. Calculava que muitos dias de fome haviam triturado o estômago daquela criatura. Por isso, para evitar que, falando, o rapaz fosse obrigado a responder, interrompendo a refeição, conversou o menos possível.

Finda a refeição, um suor frio porejou na testa de Chicão. Era a fraqueza. Nada disso passou desapercebido ao sacerdote. Conhecia aquele aspecto da miséria humana, que estava se repetindo.

Levantaram-se e foram para um alpendre.

Aí então era o momento de começar a falar.

– Quer dizer que você veio trabalhar aqui?

– Vim, inhor sim. Eu quero labutá nas salina.

– A vida ali é terrível. Você já viu como se trabalha na salina?

– Trabaio num me mete receio.

– Mas, no momento, você está muito fraco. Precisa descansar e se refazer. Assim como você se encontra não aguentará duas horas ao rigor do sol.

– Mas eu perciso, Monsenhô.

– Dá-se um jeito. Deixe-me pensar um momento.

Coçou a cabeça lentamente, como se procurasse solver, com facilidade, o problema. Seus olhos se iluminaram.

– Já resolvi. Você, para trabalhar na salina, precisa antes de tudo morar perto. Ninguém que trabalha lá pode morar por estas bandas. Eu tenho um amigo. Isso. Eu tenho um grande amigo. Um espanhol. Muito boa pessoa. Chama-se Dom Miguel.

Monsenhor Honório fez uma pausa, dando uma risadinha simpática.

– Quando você falar com ele, chame-o de Dom Miguel. Ele ficará feliz e simpatizará logo com você. Isso não custa, e ele terá a impressão de que o tratam do mesmo modo que em sua terra. Você não se esquece disso?

– Não senhô. Dão Miguel.

– Dão Miguel, não. Dom Miguel. Com um m. Dom Miguel.

Chicão repetiu certo. E Monsenhor Honório continuou a contar o seu plano.

– Pois amanhã eu lhe darei uma carta de apresentação. Você irá morar lá. Ele é bom e meu amigo. No começo, você pode trabalhar com ele. Dom Miguel é dono de uma vendinha. E, enquanto você se fortifica, ajudará nesse serviço. Está bem assim?

– Tá, inhor sim.

Monsenhor Honório notou que os olhos de Chicão começavam a se fechar. O rapaz fazia um esforço enorme para abri-los e conservá-los assim. Mas o cansaço ia levando vantagens sobre a força de vontade.

O velho padre levantou-se e bateu nos ombros do rapaz.

– Você precisa dormir.

– Não, Monsenhô... eu...

– Eu compreendo, meu amigo. Sou velho e sei o que é a vida. Venha comigo.

Levou-o até um quarto.

– Você trouxe rede?

– Tenho uma sim.

– Então você dormirá aqui. Durma bem. Amanhã eu acordarei você, quando sair para a missa. Boa noite.

No dia seguinte, Chicão já estava de trouxa feita. Ia para Porto do Roçado. Beijou a mão de Monsenhor Honório e recebeu a carta.

Caminhou um pouco e ouviu que o padre o chamava. Virou-se. Ele estava gritando:

– Não se esqueça de chamá-lo de Dom Miguel!

...

Agora era outra coisa. Se era. Uma noite bem dormida. Uma refeição bastante sólida dentro do estômago. O panorama da vida tomava outro aspecto.

Seguindo as informações, dirigiu-se por meio de ruas parecidas, onde quase todas as casas apresentavam o mesmo formato. Procurava o botequim de Dom Miguel.

Segundo as indicações, devia ser ali. Olhou as três portas da venda. Duas estavam completamente cerradas por causa do sol. Entrou.

Um homem em mangas de camisa lia por trás do balcão. Chicão cumprimentou-o e entregou-lhe a carta. Ele desviou a vista do jornal e leu com atenção a carta.

Chicão ficou examinando. Aquele era o tal de Dom Miguel. Já deveria ter passado a casa dos quarenta. Moço ainda. Bonito. Rosto branco, mostrando a barba cerrada, bem raspada. A sua pele conservava-se alva, apesar de todo o ardor do sol de Macau. De boa compleição física. Cabelos negros começando a embranquecer nas têmporas. Em resumo, um homem asseado.

Quando acabou de ler, levantou os olhos, que se distanciavam tanto do verde quanto do preto, mas que tinham alguma coisa das duas cores. Pareceu num minuto contemplar toda a miséria de Chicão. Sem dúvida, procurava compreender aquela sujeira. Por fim, sorriu. E Chicão correspondeu ao seu sorriso.

– Você quer mesmo trabalhar nas salinas, rapaz?
– Inhor sim.
– Isso se arranja.

Falava numa pronúncia quase brasileira, mas às vezes se traía, misturando na conversa termos de sua língua de origem. Tornou a examinar Chicão de cima a baixo. Naturalmente notou que o rapaz se encontrava em estado de grande debilidade. Calculou o quanto deveria ter sofrido aquele rosto emagrecido e castigado pelo sol. Ele também sabia o que era a seca. Via-a cada ano de flagelo, via grupos semelhantes na imundície que chegavam implorando trabalho nas salinas. Gente de triste destino.

– Você está fraco. Não vai aguentar trabalhar pelo menos nestes quinze dias. A fome parece que fez um grande estrago em você, não?

Chicão riu, meio entristecido.

– Foi sim.

– Mas nós ajustaremos isso. A primeira coisa que você precisa é de um banho. Um banho de cuia. Depois...

Examinou as trouxas de Chicão e adivinhou o conteúdo delas. Dentro, haveria talvez uma rede, uma coberta, uma ou duas lembranças do lugar de onde viera. Devia ser isso mesmo. Saco de flagelado é vazio e leve.

– Você tem roupa, além dessa do corpo?

– Eu tinha trazido umas muda, mas foi ficando pesada e eu fui jogando elas pelo caminho.

– Ahn!

– Agora só tenho essa do corpo.

Dom Miguel olhou as costas rasgadas e as calças de bainha descosendo.

– Essa está bem ruinzinha. Eu lhe arranjo outra. Venha comigo.

Chicão seguiu-o. Ele fechou a porta da venda. Transpuseram o interior da casa de Dom Miguel, que ficava nos fundos do botequim.

Havia no quintal um cercado de folhas de coqueiro. Era o banheiro. Chicão entrou e começou a despir-se. Num dos cantos encontrava-se uma grande jarra com água pela metade. Uma cuia de cabaço encostava-se entre a boca da jarra e a parede de folhas de coqueiro. Principiou a se banhar. Enquanto isso, o espanhol tinha entrado para ir buscar a roupa e a toalha. E ainda mais um sabonete. A água continuava descendo pelo corpo emagrecido de Chicão. Lavou a cabeça, esfregou todo o corpo com sabonete.

Terminou. Vestiu-se e saiu. Agora era outro homem. Lavara a maldita poeira da seca e estava disposto a tornar a viver. Uma sensação de bem-estar o empolgou.

Dom Miguel observou-o.

– Pelo menos, a sua aparência melhorou um pouco. Você estava de causar dó. Acho que precisamos é de um bom almoço daqui a pouco.

E foi assim que Chicão começou a sua nova existência, naquela vida que sonhara antes, onde a sensação de insegurança se ia diluindo aos poucos.

Ficou ajudando Dom Miguel no serviço da venda. Alimentava-se bem. Do balcão, quase sempre a sua vista atravessava o vigor branco e incandescente do dia, para sondar a espessura, os ângulos novos da vida que encetaria em breve.

Ao longe, como pontas de faca, brilhantes, insensíveis, surgiam as pirâmides de sal. Os homens se removendo dentro daquela longínqua e ofuscante massa branca assemelhavam-se a míseros pontos negros...

Capítulo Segundo

A HISTÓRIA DE
JOANINHA MARESIA

Enquanto as forças não voltavam de todo, Chicão entregava-se com simpatia ao trabalho do balcão. Fazia aquilo satisfeito, porque assim ajudava Dom Miguel. Pagava a comida com o seu trabalho. E, mesmo, era coisa demasiadamente leve para quem conhecia o punho de todos os trabalhos pesados. E tornava-se ainda mais suave por causa da lembrança da terrível experiência que tivera com a distância e a aridez das regiões impregnadas pela seca e atravessadas por ele, recentemente.

Mas aquilo ia passando e, mais adiante, restaria na lembrança como uma sombra sem formato. Como um sonho mau ou um pesadelo. As forças voltavam ao corpo de Chicão. O sorriso brejeiro e, por vezes, sem-vergonha, veio de novo para os seus lábios. Os músculos cresciam e recuperavam-se debaixo das roupas. A vida parecia bonita novamente.

Vender cachaça para os pescadores. Mantas de carne de charque. Pavios para candeeiros, litros de querosene. Tudo era novidade para ele.

Ouvir novas conversas. Escutar coisas sempre tristes a respeito de salineiros. Boatos sobre o sertão. Histórias da seca. Notícias das terras por onde vivera, por onde passara. Histórias de brigas e de crimes. Facadas. Tiros. Bofetões. Tudo isso surgindo entre um trago de cachaça, uma risada gostosa, uma cuspida de banda...

Chicão parecia pendurar-se atrás do balcão para ouvir. A conversa o interessava e tinha um sabor novo para ele.

Histórias de botes e de iates. Barcaças e naufrágios. Vida de pesca. Redes furadas pelo avanço do tubarão. As lendas do tubarão-martelo. Do Pintadinho. Do cação que tinha um espelho na testa para atrair os botes e encandear os pescadores...

O velho Baianão era quem sabia mesmo contar todas as histórias bonitas. Tinha um vozeirão impressionante, que modulava a seu jeito e de acordo com a emoção que se manifestava no rosto do ouvinte. Baianão era um grande artista. Seus olhos tornavam-se sombrios nas passagens perigosas. Seus lábios pendiam desalentados quando o caso não tinha esperança nem futuro. Sabia fingir medo. Arrotar bravura. Tudo bem dosado e combinado com a necessidade da história.

Quando chegava de tarde, Chicão ficava ansioso para que Baianão aparecesse, tomasse um gole de branquinha, cuspisse no chão batido e começasse a falar.

Primeiro, comparava a fraqueza da aguardente que bebera com as outras que já tomara na vida: "Cachaça, só a Januária, do vale do Rio São Francisco...".

Era assim que começava. Depois, por qualquer coisa, principiaria a contar sobre a vida de qualquer um. A falar a história mais interessante do mundo.

Mas quando as histórias vinham da Bahia, aí, sim! Como se emocionava. Conhecia toda a vida da Bahia. Todo o interior e todo o litoral. Fora criado no mar, viajando sempre. Quando chegava o tempo da safra do sal, ele aparecia. Vinha rachar os pés naquela desgraceira. Gostava daquilo. Ter pés inteiros ou rachados, para ele, não fazia diferença.

Quando voltava das viagens para se fixar com a safra do sal, suas histórias tinham aumentado o cabedal. Havia muita novidade para narrar.

Chicão gostava era das histórias do mar. Baianão chegava, ouvia o comentário acerca do afundamento de um barco qualquer, de uma virada de barcaça e se lembrava logo de um fato pior, presenciado por ele. Benzia-se duas vezes para impressionar e começava sempre invocando a santidade de Anamburucu.

Sem Anamburucu, as histórias dos mares da Bahia não prestavam, perdiam a força.

Foi numa tarde daquelas que Baianão contou aos presentes uma história muito nova para Chicão.

A venda estava cheia. E uma luz de candeeiro oscilava, embriagada pelo cheiro da cachaça que infestava o ambiente. Os homens ouviam Baianão falando.

Uma voz surgiu, na entrada.

– Boa noite pra vomecês!

– Boa noite, Joaninha Maresia.

Chicão olhou a moça que chegava e que sorria. Era linda. Talvez que ainda nem tivesse vinte anos. Vestia uma saia branca um pouco amassada. Os seios pontudos espetavam duramente o vestido do desejo dos homens. Os tamancos nos pés faziam que as ancas torneadas parecessem mais altas e causassem muito mais satisfação em olhá-las. Ou podia ser que o olhar, entontecido pela miragem real daquela salina-moça, enxergasse demais.

Mas ela não tinha só isso. Que esperança!

Chicão foi subindo os olhos e encontrou uns braços roliços, cor de mate, levemente rosados. Um pescoço bem feito. Os cabelos negros, revoltos, jogados para trás, num jeito de liberdade absoluta. Uma boca entreaberta e os dentes mastigando um sorriso branco. Um nariz pequeno soprando sexo. Uns olhos travessos, que pareciam analisar conscientemente toda a alta tensão que o seu corpo moço transmitia ao rosto dos homens.

Essa era Joaninha Maresia, que deveria ser quente por dentro e por fora. Um legítimo produto do clima de Macau.

— Me bote meio litro de querosene, seu moço.

E riu para Chicão. Foi atravessando a roda da conversa dos homens. Se os olhos tivessem braços, nunca um corpo teria sido tão bolinado. Até a luz do candeeiro pendeu para um lado só.

Entregou o vidro por cima do balcão. Naquele movimento, os seios rangeram dentro da blusa branca.

Chicão recebeu o vidro e por um momento fixou aquele rosto que se aproximava do seu. Sentiu a alma se iluminando com mil chamas de candeeiro e os lábios se abrindo para ela, num sorriso vitorioso de simpatia e mocidade.

Ela ia se retirar. Os homens queriam que ela dissesse qualquer coisa. Baianão falou-lhe:

— Então, Joaninha, cumo é que vai a vida?
— Vivendo.
— E o coração?
— Batendo.
— E... os homes?
— Que homes?

E deu uma risadinha malvada para depois continuar:
— Num existe mais home pra mim!...
— E eu? Você não gostaria de... eu?

Ela examinou Baianão cinicamente.

— Você só tem prosa, Baianão. No resto, tás é ficando véio!

Houve uma gargalhada geral. Baianão quase encabulou.

— Bem, pra ocês, boa noite.

Ia saindo, mas do meio da porta se voltou e falou acentuando as palavras.

— Acho que de hoje em diante eu venho comprá querosene todas as noite. Vale a pena.

Olhou Chicão, sorriu, virou as ancas bem torneadas, que se elevavam por causa dos tamancos, e sumiu dentro da rua.

Os homens lá dentro comentaram:

— Que mulhé!

— É...

— É sim...

De repente, Baianão falou:

— Tás cum sorte, rapais! Ela num liga pra ninguém pur essas banda. Disque os homes todos murrero antes de nascê. Mais do jeitão que ela te pigorô, parece que vai saí munta coisa.

Alguém se lembrou de perguntar para Baianão:

— Taí, Baianão. Ocê que sabe das histórias de todo mundo, purquê num conta a de Joaninha Maresia? Aposto que tu num sabe.

— Sei sim. Mas é uma história besta. Nem é mesmo uma história.

— Conte assim memo.

— Conte, Baianão.

Chicão remexeu-se impaciente atrás do balcão. Uma grande curiosidade abalava o seu íntimo. Queria, ora se queria, saber da história daquela mulher. Daquele pedaço arfante de carne viva.

Dessa vez, Baianão não se benzeu, nem tampouco começou uma história de mar, onde Anamburucu teria na certa o papel proeminente.

— É uma história besta, como já disse. Joaninha foi nascida aqui em Macau. Cresceu na beira da praia, ingulindo esse ar puro de beramar. Ficô uma minina sacudida. E quando se disinvolveu mais... Era quase isso que ocês viram indagóra. Aquele corpão moreno, fedendo a virgindade, chamando atenção. Foi pur essas coisa que ela teve uma proposta de um coroné de Caicó pra trabaiá de empregada na fazenda dele. Aí aconteceu o que acontece cum toda menina que tem de mais um todo daquele. O coroné etc... Mandô ela apanhá lenha no mato etc... Pur causualidade se encontrô mais ela etc... e resumindo arrancô o saco das moeda. E era uma veiz treis vintém... Só isso.

— E depois?

— Despois num teve mais nada. Isso é comum prum coroné que tem uma fazenda. Tanto faiz sê em Caicó cumo em Santana dos Matos. A história é essa.

— Que desgraçado!

— Desgraçado o quê! Você num faria a mesma coisa?

— Eu? Bem...

— Pois é. Quarqué um fazia o que ele feiz.

— Mas o que foi que teve depois?

— Nada. Ela parece que gostô e ficô. Ficô apanhando lenha no mato e se encontrando mais ele pur causualidade...

— Mais pelo jeito dela falá, ela parece que num gostô dos home. Você num viu ela dizê que os home nascero morto?

— Isso é que ela tá despeitada. Pois sim, que nasceu morto! O coroné ficô com medo de dá uma enrasca quarqué. Ficô cum receio da famía. Deu um chute nela. Eles são sempre assim. Fazem a destampação, se aproveitam um bucado, depois arranja umas nota de dinheiro, contam uma história impressionante que nem drama de cinema e manda a bichinha percurá otro home. Daí a raiva que ela tem dos home.

— Quanto tempo tá fazendo que ela anda pur aqui?

— Bem, uns dois ano. Ela vortô para morá mais a tia Cristina. Uma veia que disque nem é bem tia dela.

— Uma peituda, gorda pra burro?

— Essa mesmo. Você nem magina cumo aquela mulhé foi bunita! Eu inda me alembro. Num havia quem num quisesse uma leroada cum a tia Cristina. Hoje...

— E Joaninha nunca mais teve um péga com ninguém?

— Que a gente visse não. Ela é orgulhosa. Se num teve...

— Deve tá num cio louco.

Todos levantaram a vista para o lado do balcão. Chicão sentiu um calor no rosto. Se não fosse mal iluminada a sala, teriam notado que ele estava bem vermelho, apesar da cor de bronze de seu rosto.

– Aproveite, rapais!

Chicão sentiu uma incomodação por dentro. Era mesmo. Ele tinha de aproveitar.

Daquele dia em diante, as histórias de Baianão não interessaram mais. Joaninha Maresia era tudo. Que importava a fala emocionante de Baianão? As histórias trágicas do mar? A divindade de Anamburucu?

Nada disso importava. Só o desejo de uma viva chama de carne.

Uma carne por dentro e por fora: Joaninha Maresia...

Capítulo Terceiro

CHARQUE HUMANO

Estando realmente forte, chegou o momento de lançar de novo as vistas para as salinas. Lembrou-se do que lhe falara Dom Miguel. Mas não se incomodou. Era muito forte. Aguentaria o trabalho. Não poderia mais voltar para o sertão desgraçado, que morrera seco.

Saiu à procura de emprego e foi logo acolhido. Ia principiar a safra do sal e havia escassez de braços. Para experimentar, tomou um pequeno compromisso. Se aguentasse, continuaria pelo tempo que quisesse.

Voltou para dar a novidade a Dom Miguel.

O espanhol sorriu tristemente e nada disse. Acolheu em silêncio a deliberação que o rapaz tomara. Intimamente, pensara naquela bela mocidade que se ia enterrar no túmulo de barro *blanco*. Ficou se lembrando das vidas que ali se sumiram sem futuro. Nas vistas diminuídas ou perdidas de uma vez na escavação do sal. Nos pés, que se rachavam com o veneno do cloreto de sódio. Pior era saber que aquelas vidas devastadas não tinham importância alguma para o sal. Eram vidas necessárias aos donos das salinas. Para o sal, era indiferente enterrar uma ou cem vidas. E longe, muito longe, os donos daquela miséria magra se enriqueciam com o sangue daqueles homens perdidos. Seus cofres se enchendo com a luz da vista de muitas vidas sem esperança.

Dom Miguel conhecia a lei errada do mundo. Uns se sacrificando pelos outros. Sendo devorados para que os outros sobre-existissem com comodidade. E no rol do mundo civilizado e inconsciente, as estatísticas apareceriam assim, como ele já vira:

"São detentoras de excelentes salinas as firmas Wilson Sons e Cia., IRFM Matarazzo, Henrique Lage, Tertuliano Fernandes, Paulo Fernandes, Alfredo Fernandes..."

Gente que talvez nem soubesse de perto o que era uma salina. Gente que sugava a seiva de outros homens para enriquecer. Ali devia ser o último trabalho de escravatura humana: as salinas.

Dom Miguel acompanhava a vida das salinas há muitos anos. Recordava-se das tragédias das salinas menores. Os pequenos salineiros, sufocados pelas crises que se repetiam continuamente, eram obrigados a transferir as suas salinas para os grandes. Os pequenos proprietários, ao relento, sem proteção, oscilando à mercê da sorte. Vítimas da instabilidade do mercado. Impotentes ante a queda rápida e a valorização do produto. E essa valorização, esse estrangulamento, eram provocados pelos grandes salineiros, que nunca tinham sentido de perto o cheiro podre de uma salina. Que não conheciam o desintegrar de corpos humanos, de sonhos humanos, de forças humanas, atolados até o pescoço, enterrados vivos, boiando em marés fedorentas de suor, dentro das pilhas de sal...

Vinham as crises bruscas, forçadas, premeditadas, obrigando os pequenos proprietários a se afastarem da concorrência dos grandes. E eles assistiam à transferência coonestada pelas leis: suas salinas, que custaram anos de lutas, de suor, de esperanças, passavam para as mãos dos senhores do capital, que, por qualquer preço irrisório, se apossavam de tudo. Aquela luta desigual, onde só os protegidos podiam levar o apoio da justiça e da lei, a situação naturalmente vantajosa.

Dom Miguel conhecia aquela vida. Acompanhava o desenrolar moroso daquele jeito de viver...

De longe, veio aos seus ouvidos a voz esganiçada da Soia vendendo as suas ervas santas. "*Comprá Juá, Jucá, Quinaquina...*" Era aquilo a definição da salina. As salinas que nunca se modificariam, conservando eternamente o panorama de igualdade. Eram como a voz da velha mandraqueira sempre com as mesmas modulações.

Seus olhos se encheram d'água.

Ali estava Macau. O centro das maiores salinas do mundo. Brancas, insensíveis, com os seios pontudos se levantando para o céu, estendiam-se pelas margens do Rio Açu, do Rio dos Cavalos e do Amargozinho.

•••

...Quando deu quatro horas da manhã, Dom Miguel levantou-se e sacudiu o punho da rede de Chicão:

– Quatro horas, rapaz!

Chicão remexeu-se. Sentou-se na rede e bocejou. Enfiou as sandálias nos pés e saiu para lavar o rosto.

A madrugada estava agradável. Agora ele ia começar um trabalho novo. Durante aqueles dias que estivera descansando e recuperando as forças, tentara saber tudo o que se dizia a respeito das salinas. Ia para elas virgem no trabalho, mas não no assunto. Já sabia de tudo.

A história dos trabalhos das salinas é muito simples. Num instante se decora. Parecida com a saúde, que num instante se acaba.

Esquentou um pouco de café. Bebeu-o. Deu até logo para Dom Miguel e saiu pela porta dos fundos da bodega.

A manhã nascia cheia de luz. O sol, dando os primeiros riscos vermelhos no céu, anunciava que o dia ia ser muito quente.

Tomou a direção da salina. Muita gente também se encaminhava para lá. O serviço pegava invariável e infalivelmente às cinco horas de todas as manhãs.

Os homens entravam nos ranchos para apanhar o material de trabalho.

A colheita tinha começado há pouco. Os homens iam trabalhar muito porque, pelos cálculos dos dirigentes, naquele ano daria tempo para colher a safra, no mínimo, três vezes, antes que as chuvas chegassem.

Há dois anos que não chovia. E podia ser que as chuvas viessem sem que ninguém esperasse, estragando o trabalho dos cristalizadores. Já se tinha dado o caso de dois anos de um inverno abundante terem desanimado até a coragem dos produtores. Dois anos de chuvas copiosas arrasavam estrondosamente a produção.

Por isso, os homens trabalhariam muito. No começo, dariam tudo, porque quando fosse finalizando a safra as forças naturalmente diminuiriam.

Urgia que o tempo da colheita terminasse dentro de um prazo fixado para que as enchentes não arrasassem e engolissem todo o sal que ficara para a curação. E sem o sal curado, que a enchente bebera, começaria a distribuição desonesta do sal verde. Um sal cheio de veneno e sem purificação, que apodreceria as carnes dos charques. Que deterioraria, com uma leve aplicação apenas, o trabalho dos charqueadores.

Os homens estavam iniciando a safra do sal.

Nus. Oferecendo as costas, os peitos, os braços, ao sol. Empunhando pás, alavancas, picaretas. Começando a demolição dos cones brancos de sal. Aquele sal duro, quase petrificado, mas ainda verde.

Estranhos caprichos da natureza! A maravilhosa metamorfose nas pilhas pontudas de sal! A história do sal se resumindo num processo tão simples, era quase assim:
"Quando chegavam as épocas das grandes marés de lua, faziam a captação das águas. Os terrenos, naturalmente, pelas depressões formadas, são conhecidos por cercos. Enormes tanques simetricamente retalhados, os cercos recebiam a água da maré, que ficava chocando até adquirir uma certa saturação. Chegando no ponto desejado, a água era encaminhada para os verdadeiros chocadores, também conhecidos como evaporadores. Ali ficava concentrada por muito tempo. Depois da evaporação necessária, era encaminhada para uns reservatórios preparados com cuidado. As paredes desses novos tanques são forradas de tábuas e tais reservatórios receberam o nome técnico de baldes ou cristalizadores. Começava-se então o envenenamento das águas com diversos sais parasitas, como o cloreto e o sulfato de magnésio, o brometo de sódio, o de potássio e muitas outras espécies sem importância.
Vinha o processo do refugo. As águas-mães desnecessárias e apodrecidas eram refugadas. Elas tinham dado toda a sua força para a fabricação daquilo tudo. Agora, nada mais tendo a dar, eram exiladas... História simples, a história do sal... O sal continuaria mais seis meses nos cristalizadores. Com o decorrer do tempo, uma camada brilhante se criaria na superfície. E a cada dia passado, engrossaria mais. Depois, então era o tempo da colheita."
Tinha chegado o tempo da colheita. Os homens se encaminhavam para o trabalho. As alavancas começavam a quebrar as crostas de sal, que eram lavadas no mar. Finda a lavação, era o tempo de transportar o sal para os aterros, onde dormiria pelo espaço de um ano. Os homens enchem os cristalizadores. Vieram quebrar. Quebravam o sal verde. O sal novo, recém-surgido das águas. Seus dorsos estão

nus. O sol esquenta cada vez mais. Seus pés se enterram nas águas até a altura dos joelhos.

Chicão está no meio deles. Seus pés começam a arder terrivelmente.

É o cloreto se infiltrando na carne...

Os companheiros notaram. Riram. Falaram para ele:

— Isso não é nada. Depois ocê se acostuma. Cum nóis foi a mesma coisa. Nos premeros dias, ocê estranha. Mas num fais mal não. Despois que os pés rachá...

— Os pés racha?

— Sim. Despois que eles ficare ansim...

E apoiando-se no cabo da alavanca, um caboclo levantou os pés. Riu e continuou falando:

— Seus pés vai ficá assim. Igualzinho aos nosso. Esses rego se parece cum o caná que alimenta os cristalizadô...

Os olhos de Chicão se horrorizaram. Ali estavam uns pés chatos, deformados. Rachados. A água do sal ia comendo tudo. Brechas de mais de um dedo de profundidade apareciam em todas as direções. Aqueles pés nunca cicatrizavam e, no entanto, como eles diziam, não apodreciam mais, nem incomodavam. O próprio sal não deixava que eles apodrecessem mais do que aquilo. E eram pés humanos. Monstruosamente deformados. As feridas surgiam embranquiçadas e, somente no centro, um colorido vermelho se fazia notar. Chagas cor de presunto. E os homens sorrindo daquilo. E aquilo nada significava. O mundo era simples. Para eles, o sertão ou a salina. O sertão rachando-se na seca ou o mar rachando os seus pés. Rachando, carcomendo como um câncer. Como a pior e mais caroçuda forma de lepra. E eles nem ligavam. Tinham se acostumado.

Chicão levantou o pé. Olhou um. Depois, o outro. Tinham adquirido uma coloração rosada. O cloreto de sódio começava a avançar-lhe pela pele. Dentro de poucos dias seus pés arderiam como brasas. Tinha também que se acostumar e rir daquilo tudo. Igual aos outros. Ou então desistir de tudo. Fugir. Caminhar para longe. E, no entanto, era o seu primeiro dia na salina. Poucas horas tinham se passado. E já o desânimo se manifestava em seu íntimo com os primeiros matizes do desespero. Aquilo não era serviço para seres humanos e sim para bestas. Bestas, que pudessem rir ao olhar a deformação monstruosa de um pé. Não ele. Curvou o dorso, firmou a alavanca e rebentou a laje transparente que o sal formara nos cristalizadores.

O dia começou a caminhar por dentro das horas. O sol se firmava lá em cima. A luz vinha brilhar por sobre os tablados de sal e formando arco-íris nos prismas das pilhas. Os olhos tremiam diante de tanto brilho. À proporção que as horas andassem, o espetáculo dos salineiros iria aumentando em sensações. As picaretas, cantando nos cristalizadores, assobiavam, e pedras de sal se espalhavam em todas as direções, como fagulhas brancas iluminadas. O suor lavava aqueles corpos e vinha se misturar com o suor do mar. Chicão estava banhado. O suor descia-lhe da cabeça e escorregava pela face. Parou, a fim de passar as mãos sobre os olhos, quando um companheiro gritou:

– Tás louco! Num faça isso. Tá cum as mãos melada de veneno de sal. Munta gente tem cegado pur causa disso.

Olhou o companheiro agradecidamente e recomeçou o trabalho. Muita gente tinha cegado por causa disso? E os seus olhos ardiam como brasas. Ele também teria que se acostumar àquilo. Todos os outros se acostumavam.

O sol andava bem alto no céu. Deviam ser mais ou menos dez horas.

Às dez e meia descansariam. Isso porque não havia vista humana que resistisse à intensidade de tanta luz. Parecia que o dia estava inteiramente branco. Um branco de espelho. A luz do sol teria, sem dúvida, adquirido a incandescência do sal. Eram reflexos brancos que areavam qualquer pessoa.

Cavar!... Cavar!... Cavar!...

E o suor descendo pelo rosto. Pela cabeça, pela barba, pelo corpo. Olhos ardendo. Músculos cansando. Um começo de fome no estômago. Pés rachando, se acostumando com o ataque corrosivo da venenosa água do mar.

Cavar. Cavar. Cavar...

Quando deu dez e meia, ninguém mais aguentou. Não que o trabalho de cavar matasse, mas a luz do sol não o permitia. Chicão olhou para os companheiros e não os avistou direito. Eram sombras completamente negras que se moviam dentro da brancura do dia, do sol e do sal. Sua vista, além de arder, tremia.

Ficariam cegos se trabalhassem mais. Veio o sinal do almoço. Deixaram as ferramentas e se encaminharam para fora dos cristalizadores.

Descanso. Agora só voltariam ali depois das duas horas. Quando a luz do dia diminuísse e deixasse que eles enxergassem o que estavam fazendo. Foram almoçar no rancho. Caminhavam deitando o mais possível a aba do chapéu sobre os olhos ardidos. Lavaram as mãos e se sentaram. Chicão levantou as mãos para os olhos e começou a alisar as pálpebras. Depois que a vista adquiriu uma certa normalidade, enxergou os pés. Estavam esbranquiçados. Alguém lhe falou:

– Estranhô a lúis, cumpanhêro?

Chicão ergueu a vista para um preto grande e reforçado, que puxava conversa.

– Que lúis!

– É mesmo danisca de forte. Munto de nóis fica cego ou perde a visão logo. Tenho visto munta gente chegá boa e saí pela mão dos otros.

– Você já viu o cego Benedito?

– Aquele que pede esmola na rua?

– Aquele mesmo. Pois ele enxergava que nem nóis. Foi aquilo que cumeu a visão dele.

Disse isso e apontou as pirâmides brancas de sal.

– O que não me conformo – disse Chicão – é cum o que acontece cum os pés da gente!

– No princípio, a gente estranha um poco. Adepois... percisando de véver... qu'importa se os pés da gente num fique curro era?

– Mas a gente divia tê uns sapato pra protegê...

– Num dianta não. O sal cumia eles em menos de uma semana. Eu tinha um par de botina de coro vivo, que busquei do sertão. Ponhei elas nessa disgracera e foi simbora num instante... Hoje, mesmo que eu quisesse carçá umas bota, acho que meus pés num entrava mais.

Chicão espiou para os pés do preto. Pareciam-se com a seca quando rachava o açude da fazenda do Boqueirão. Possuíam valões de rachaduras da cor da terra roxa calcinada pela seca.

– Dueu munto no começo... Hoje mais não.

– Eu num queria ficá cum os pés ansim.

– É. Mas todo mundo fica. Trabaiô aqui, tem de ficá... Você qué vê uma coisa bunita? Eu tô falando ansim, mode sei que ocê é novato aqui.

Chicão levantou-se e acompanhou o preto. Não sabia do que se tratava, mas seguiria do mesmo modo.

– Enquanto a boia num vem, é bão subi ali no arto da encosta.

Foram subindo. Dali se divisava todo o panorama branco das salinas, brilhando dentro da claridade cegante do sol. Os moinhos que puxavam as águas para dentro dos cercos rodavam preguiçosamente as pás ao vento. Girando para lá e para cá, numa caminhada vagarosa parecida com o sol.

Chegaram ao cimo da encosta. Dali, as salinas davam a impressão daquelas barracas de acampamento de soldados, que Chicão vira uma vez, em Natal. Eram barracas brancas de acampar.

O preto pareceu compreender o que Chicão pensava e imediatamente traduziu a sua impressão, muito mais real e macabra:

— Isso se parece cum um cimitéro grande, num parece?

— É sim.

— Agora, óie para lá!

E indicou o dedo para o horizonte:

— Tá vêno uma salina, cum umas casa de telhado vermeio e uns coqueiro?

Chicão acompanhava com a vista o que o dedo do outro lhe indicava.

— Mas tá tudo de cabeça pra baixo!

— Tá e num tá. Aquela áugua que reflete tudo num é áugua não. Nem tamém aquelas casa é casa. Aquilo é mirage.

— Mirage? Que é isso?

— Uai! É isso que ocê tá vêno. Uma coisa que num existe. Aquele ar que treme na vista da gente é que fais aquilo. Fais nascê a casa e os coqueiro. Bunito, não?

— Mirage! Como é bunito mesmo! Mais ali num tem água não?

— Não. Ali é terreno que tão preparando pra fazê cerco. Eu de uma feita andei mais pra vê se aquilo num tinha áugua. E nem incontrei, nem áugua, nem casa nem coqueiro. Fui batê nas marge do Rio Açu.

— É o que dá vontade da gente fazê.

— Pois todos os dia, passando das onze hora, a mirage aparece.

— É sempre ansim daquele jeito?

— Não. Às veis muda tudo. Aparece barco inté.

— Ninguém sabe purquê isso acontece?

— Deve tê arguem. Deve de tê argum dote, entendido que sabe. Eu nunca sube.

— Que boniteza!... Todo dia venho espiá as mirage.

— Eu tamém dizia isso no começo. Mas despois a gente se acostuma. Nem liga pra coisa. Mesmo a gente fica às veis tão cansado, tão desinsufrido que nem tem corage de andá até aqui.

Fez uma pausa.

— Você num sabe, rapaiz! Cada dia o sol se isquenta mais. Cada dia do tempo da safra o sol vai se isquentando mais. Fica um enferno... Mas vamo vortá que deve tá servindo a boia.

Sentaram-se no rancho. A comida era servida e vinha de uma espécie de organização de cooperativa. Era descontada no ordenado como toda a despesa feita no barracão.

Os homens se sentavam pelos cantos e apresentavam as suas vasilhas para recebê-la. Tudo era uma barrela fumegante. Barrela de arroz, barrela de feijão, peixe frito e farinha.

As vasilhas, que se apoiavam sobre as pernas, eram do mais variado formato. Os joelhos nodosos aparecendo sob as calças arregaçadas sustentavam desde as latas de goiabada até as cuias de coité.

Os pés rachados ficavam se enchendo de areia e do barro do caminho. As conversas eram as mais comuns e desinteressantes.

Chicão acabava de engolir a manjuba, quando alguém passou na sua frente, capengando. Ouviu que comentavam qualquer coisa nova.

— Que é isso, Barbino? Tás cum maxixe?

— Nos dois dedo, tô sim.

— Pur que num vai inté a farmácia e num compra uma chupeta?

Não demorou muito para que Chicão conhecesse o significado daquilo. MAXIXE! Lepra de sal! O sal corroía por entre os dedos e abria as fendas conhecidas, que de vez em quanto apareciam: os maxixes. Era a infecção num dos dedos. Se não se isolasse o dedo, a infecção continuaria deteriorando os outros. Aparecia um corrimento líquido e um pus se pegava na ferida. Aquilo ardia tremendamente exalando um constante mau cheiro.

Chicão ficou pensando nos estragos que aquele sal tão branco, tão inofensivo, causava nos corpos dos homens. Maxixe. O homem, rei da criação, apodrecendo de propósito. Apodrecendo como o charque que se deteriora, quando nos charqueadores se consuma o sal verde.

Charque humano. Podridão. Lepra de sal. Maxixe.

Era aquilo mesmo. Os homens estavam sendo charqueados. Charqueados, impiedosamente, até à alma. Comprados, vendidos e deteriorados nos charqueadores das salinas.

Chicão fechou os olhos e enxergou milhares de corpos humanos enterrados até o pescoço no sal verde. De repente, aqueles corpos se levantavam e vinham se pendurar numa corda para secar as suas carnes retalhadas. As mãos, os braços, os peitos, as pernas, as costas, tudo retalhado e secando ao sol, como carne de vento. Charque humano! E ninguém reclamava. Tinham se acostumado. Depois, aparecia o capataz, examinava a charqueada e franzia o nariz. "Não presta. Carne podre. Joguem para os urubus." E aqueles homens-charque eram amontoados num campo enorme à espera dos urubus do céu.

Vidas secas, se perdendo, sem nenhuma significação. Sem nenhuma injúria, blasfêmia ou reclamação contra a desonestidade da sorte. Pés rachados. Maxixe. Lepra. Tinham se acostumado.

De noite, Balbino iria até à farmácia, capengando. Faria um curativo e colocaria uma chupeta de criança no dedo atingido e, no dia seguinte, voltaria para o sal verde.

A chupeta era o único remédio eficiente. Abafava a úlcera com a pomada colocada pelo farmacêutico e impediria que a água venenosa se entranhasse pela chaga do maxixe.

Agora, os homens descansavam, deitados pelo chão, encostados nos moirões do rancho. Uns cochilavam. Outros conversavam uma conversa sonolenta e sem vida. Outros, ainda, jogavam o jogo da onça, e havia quem também fumasse cigarros de fumo de rolo e palha de milho. De qualquer jeito, descansavam. Às duas horas, recomeçariam o trabalho. O sol estaria mais calmo...

Entretanto o sol de meio-dia incandescia tudo. Ninguém podia fitar as salinas nessa hora. A vista parecia se perder de uma vez. A luminosidade destruía as coisas e as cores.

Os olhos de Chicão foram se fechando devagar. E acordou quase sem sentir que dormira, com os companheiros chamando-o para o trabalho. Ficou assustado, por um momento, e sentiu-se completamente desorientado. Mas sorriu ao descobrir onde estava. Apanhou as ferramentas e seguiu os homens que caminhavam na sua frente.

Foi então que reparou que no meio deles caminhava uma mulher com uma bilha à cabeça...

Capítulo Quarto

A LOUCA DE PORTO DO ROÇADO

Todo o mundo sabia que ela era louca. Completamente louca. Ao mesmo tempo, sabiam que era feliz na sua desgraça. Era sempre do mesmo modo: cantava e sorria.

Mulata de cara bonita. Dentes brancos como o Sol. Olhos mortiços, que pareciam criar, perdidamente, centelhas de vida e de lucidez.

Seu corpo roliço. Pontudos os seios. Quadris um pouco enlarguecidos. Um conjunto de mulher que seria sexualmente agradável, se não fosse louca. Assim era Lídia. Lídia, a louca.

Ninguém se metia com ela. Os homens não eram cegos para deixarem de enxergar o mundo de carnes existente debaixo dos trapos com que se cobria. Mas respeitavam aquilo, como se respeita uma cega ou uma aleijada. Eram homens do sertão, eivados de superstições. "Bulir com uma louca era trazer maldição para casa."

Lídia morava numa casinha em uma das ruas mais distantes de Porto do Roçado. Isolada, quase no final da Praia dos Pescadores. Fizera um mocambo, que milagrosamente se aguentava em pé. Nem mesmo os ventos fortes da costa ou a chuva engrossada do inverno faziam mal ao mocambo da louca de Porto do Roçado.

Enchia o seu barraco de palha de bichos abandonados. Cães vira-latas e gatos vadios. Vivia com os animais, numa promiscuidade absoluta. Dormindo com eles. Saboreando com eles, na mesma vasilha, restos de comida que lhe davam. E tudo isso entremeado de estridentes gargalhadas.

Era comum, a quem passava perto do seu mocambo, encontrá-la sentada numa esteira, rindo e trabalhando. Suas mãos se ocupavam numa tarefa qualquer. Ninguém ignorava o que ela gostava de fabricar. Todas as manhãs dirigia-se para perto da padaria de Macau e se postava numa atitude de espera. Os moleques vinham ao seu encalço e mexiam com ela. Não se importava e dava grandes gargalhadas. Ninguém, nenhum deles conseguia aproximar-se dela ou fazer-lhe um mal maior do que um insulto, atirado de longe. Seus cães vagabundos acompanhavam-na sempre. E se viam que o abuso tomava maiores proporções, eriçavam os pelos e punham à mostra as grandes presas pontudas e brancas.

Lídia ficava ali, de pé, e esperando. Até que se resolvessem a lhe dar um pão. Logo que o recebia, desandava numa carreira desajeitada para os lados do Porto do Roçado. Os cães vinham também correndo. Todos os dias era a mesma coisa. Aquela cena se repetia, infalivelmente. Chegando no rancho, repartia o pão com os bichos, tendo o cuidado de retirar antes o miolo. Sentava-se na esteira, que à noite lhe servia de cama, e começava o seu trabalho. Tamanha atenção punha naquilo que, quem passava, se já não sabia o que significava, imaginava logo um empreendimento muito sério.

E para Lídia, a louca, aquilo deveria ser a coisa mais importante do mundo. Suas mãos sujas punham-se a esmagar o miolo. Amassava até que ele tomasse um aspecto de um bolo uniforme. Então, carinhosamente, principiava a fabricar bonecos. Bonecos de miolo de pão, sujos, imperfeitos e tristemente incompletos. Sim, porque os bonecos de Lídia eram desprovidos de cabeça. Ninguém sabia explicar por que ela os fazia assim, impressionantemente decepados. Quem poderia dizer que ela não tinha consciência da sua loucura? Talvez não. Talvez fizesse aquilo simplesmente por fazer. Sem noção da loucura que roubava a capacidade de pensar na sua cabeça vazia. Podia ser que ela compreendesse a existência desse vazio e num gesto de queixa e desabafo fosse fabricando estatuetas descabeçadas. Feitas, estritamente, à sua imagem e semelhança.

Depois, quando o estômago sentia fome, ela saía pelos arredores e nem precisava pedir. As mulheres dos pescadores tinham pena e lhe davam pedaços de peixe com farinha, voadores fritos e restos de comida.

Não adiantava dar o peixe sem estar frito ou cozido, porque Lídia não tinha noção de cozinhar. Fora vista diversas vezes comendo a comida crua que lhe fora dada para que a cozinhasse.

Ela tornava ao rancho para dividir as refeições com os cães e os gatos. Ia vivendo assim. Continuando na vida que não pedira a ninguém, mas que lhe fora confiada sem o seu assentimento.

Quando chegava perto das três horas, apanhava a bilha de água e saía em direção às salinas. Ninguém sabia por que ela gostava de fazer aquilo. Lídia era uma estranha louca. Tinha gestos largos. Colocava a bilha na cabeça e caminhava dentro do sol quente. Invadia as salinas, percorrendo-as de canto a canto. Parava perto dos homens, completamente molhados de suor, ria para eles e perguntava numa voz suave:

– Água?... Mais água?...

Se aceitavam, ela arriava a bilha devagar, enchia a caneca e devolvia-a ao salineiro.

Não recebia nada. Mesmo que lhe quisessem dar um simples níquel, não saberia o que significava aquilo. Ria despreocupadamente e continuava a sua jornada. Sua figura, além de respeitada pelos homens-charque, era ainda abençoada.

Naquela hora o sol ardia como fogo e a garganta sempre ressecada ficava reclamando por água.

E lá se ia o vulto de Lídia, se perdendo com a bilha na cabeça.

Caminhando ao lado dos cercos, varando os cristalizadores. Distribuindo a água. A água abençoada, que é a fonte mais necessária de toda a vida humana.

Chicão estava absorvido pela dureza do trabalho e mergulhava os pensamentos na brutalidade do viver da salina. O suor descia pelo seu rosto até molhar, juntando-se ao suor do corpo.

A alavanca sustentava-se firme dentro de suas mãos.

Ouviu que uma voz de mulher estava lhe falando. Parou um pouco a movimentação da alavanca e foi levantando a vista. Divisou uma sombra ao lado do sal que estava escavando. Uma mulher, que trazia qualquer coisa na cabeça. Desvirou-se e divisou Lídia com a bilha na testa e um sorriso nos lábios.

– Água?... Mais água?...

Sua garganta ressecada quis dizer sim. Mas a voz não saiu. Balançou a cabeça afirmativamente. Ela abaixou a bilha com cuidado e estendeu a mão para receber a sua caneca. Ele não tinha. A custo murmurou.

– Eu sou novo aqui. Inda num tenho caneca. Lídia pareceu compreender. Desceu um pouco mais a pilha de sal e se aproximou de Chicão. Levou a bilha até os lábios do rapaz e foi desvirando lentamente.

Chicão parou de beber. Limpou a boca com as costas da mão salgada e falou:

– Obrigado, moça. Que Deus lhe ajude...

Ela riu, colocou a bilha na cabeça, montou a parede dos cristalizadores e continuou o seu caminho. Sua jornada era longa e ia até o pôr do sol. Sua voz, que nessa hora se tornava suave, ia gritando para os salineiros.
– Água?... Mais água?...
Alguém bateu nos ombros de Chicão e comentou:
– Ela é loca. Doida varrida. Maluca do pão.
– Eu pensei que ela fosse empregada da salina.
– Num é não. Ela é doida do juízo. Mas ninguém mexe cum ela não. Disque ela ficô ansim desque perdeu o marido que era marítimo num iate e que foi ao fundo. Nu cumeço ela cumeçou a contá que o marido tinha sede. Muita sede. E que ela ficava maluca. Sem cabeça. Pois ficô mesmo. Perdeu todo o juízo e agora anda pur aí. Fais buneco de miolo de pão sem botá cabeças nele... E vai dando áugua a todo salineiro que incontra...
– Quem sabe que ela num pensa que o marido tá cum sede e vai dando água a todo mundo pensando que encontra um dia o marido...
– Pode sê. Mesmo ansim ela é munto bondosa. Vai matando a sede de nóis todo, e óie que há anos que ela vem todos os dias.
Chicão enfiou a alavanca e continuou a rebentar a crosta do sal. Pensava naquilo tudo. Naquela mulher louca, esfarrapada, que trazia água para aqueles homens que se enterravam. Aquela mulher escoltara a bilha d'água nos seus lábios para lhe matar a sede. Lembrou-se de Rivaldo morrendo naquele rancho e do cabaço seco emborcado ao seu lado. Lembrou-se do açude e do sertão, que haveria de estar ainda rachando com a falta d'água.
A água que não voltava. Naturalmente, a água estava louca, sem cabeça, maluca do pão. Um dia, ela sentiria saudades da terra, que conhecera antes, e voltaria com uma bilha bem grande na cabeça, sentada nas nuvens do céu.

E iria derramando líquido pela boca rachada e ressequida do sertão. E o sertão então estenderia a mão para ela, segurando com força a caneca de barro dos açudes.

•••

Os dias foram se passando e os pés de Chicão rachavam também. O sal foi se entranhando aos poucos, devorando os tecidos da pele, comendo a carne lentamente. A sola se abriu como a terra do sertão na seca.

Os gemidos ficavam abafados dentro dele. A dor exasperava-o. Mas não se queixaria. Os outros também eram seres humanos e não davam sinal de fraqueza. Entretanto aquilo ardia como se fora brasa. A água do sal penetrando em chamas por todas as cavidades abertas pelo veneno verde.

Várias vezes Chicão se lembrava do sítio do Boqueirão, quando chegava o tempo de marcar o gado. Faziam um braseiro e enfiavam os ferros com a marca, até que as suas pontas adquirissem a cor das brasas. Amarravam a rês no curral e, retirando o ferro do fogo, encostavam-no bem no alto da anca direita. O animal se estorcia de dor. Uma baba branca espumava e se misturava no chão. Os olhos pareciam querer saltar do buraco das órbitas. Depois, iam soltando a rês com cuidado. Abriam a porteira do curral. O animal marcado disparava numa fúria louca. A queimadura, curada com bosta fresca do mesmo gado para não infeccionar, devia estar ardendo terrivelmente. Quantas vezes Chicão não vira no mato o gado recém-marcado, atirando-se, cego de dor e raiva, contra os troncos dos juás e das juremas. As marradas descascando os pés de pau, como se aquilo desabafasse a dor cruciante do fogo.

Chicão se sentia agora como gado marcado. Seu aspecto mantinha-se exteriormente calmo, mas os pés ardiam-lhe e seu espírito dava marradas de ódio. Todos ali eram gado humano. Os homens faziam do corpo um pasto para charqueada.

Passados os primeiros dias, a dor foi minorando. Os beiços das chagas começaram a endurecer e já não ardiam tanto quando os seus pés voltavam a se infiltrar na água dos cristalizadores.

O sal dos cristalizadores já estava enfilado em rumas. Dentro de poucos dias seria transportado para os aterros.

Nessa época, não só as salinas do Conde tinham iniciado a sua safra, mas também todas as grandes salinas, que tinham engolido os pequenos proprietários, estavam sendo trabalhadas.

Em todos os cantos, os homens se atiravam heroicamente para dentro daqueles cemitérios brancos, que espelhavam a magnificência do sol. Aquele sol, que, dia a dia, se tornava mais quente, mais impiedoso.

Eram inúmeros os homens que carregavam entre os dedos dos pés as inseparáveis chupetas. A lepra branca do sal verde atacava em forma de maxixe. Quando passasse a safra, eles ficariam bons, se a ferida não teimasse em continuar. Muitos poderiam ficar sem pés. Aquilo ia se alastrando de um modo asqueroso.

E o sol lá em cima, aumentando. Aumentando a desgraça. Clareando todos os ângulos da miséria humana.

Chicão começou a ficar apavorado. Os casos tristes se desenvolveram e começaram a reinar dentro das salinas. Era o sol. Era o sal. Os homens davam para beber. E não raro aparecia uma barriga com as tripas penduradas. Brigas. Sangue. O crime provocado pelo desespero. Pelo desconforto da vida, que enlouquecia a boa vontade daqueles seres. Enlouquecia, sim. Não se vê o caso de seu Antonho Macaíba? Uma manhã, quando o sol estava fervendo lá em cima, ele começou a se sentir mal. Os outros homens acudiram, pensando que fosse "loriana". Era comum ali que a luz cegante das salinas produzisse as vertigens. A fome dava nos estômagos e a luz queimava os olhos, provocando tonturas. Mas, de repente, Seu Antonho Macaíba começou a rir. E ao mesmo tempo lágrimas desciam pelo seu rosto marcado de largas rugas. Os homens se afastaram espantados, olhando-o amedrontados.

Aí, ele parou. Seus olhos tinham crescido como maré de lua cheia de janeiro. Arrepanhou os lábios num sorriso feroz. Olhou para todo mundo e, sem que ninguém esperasse, rebentou o cordão que servia de amarra para as calças. Elas ficaram caídas sobre a pilha de sal. Ele estava completamente nu. E antes que ninguém esperasse virou as costas e saiu correndo pelo caminho dos cercos. Saltando pilhas de sal, deixando os outros trabalhadores apatetados.

Foi correndo. Os companheiros largaram as ferramentas e saíram em perseguição do homem. Viram que ele endoidara. Endoidara de todo e, na certa, cometeria uma desgraça.

Seu Antonho Macaíba não queria mais parar. Correu até a beira do Rio Açu e mergulhou de uma vez só. E desapareceu. Desapareceu para sempre. Os homens procuraram durante três dias e ele não apareceu. De noite, quando a noite estava sem vento, acenderam uma vela dentro de uma cabaça de coité serrada e colocaram nas imediações onde seu Antonho sumira. Ficaram acompanhando a cabaça e a vela, que andavam sempre, puxadas pela correnteza da maré. Se a vela parava, eles remexiam o lugar com enormes zingas de pau-ferro para ver se encontravam o corpo. E nada de ele aparecer. Desistiram. As noites não podiam ser perdidas assim atrás de uma vela que parava à toa e em busca de um corpo que não aparecia. Naturalmente ele tinha ficado engalhado no meio do brejo. Ou a maré o levara para dentro dos mangues. Não voltaria nunca...

Mas, dois dias depois, apareceu boiando. Os homens, as mulheres, foram se benzendo. Muitas mulheres taparam a cara e afastaram as crianças. Aquilo que vinha sendo puxado para a praia por uma zinga tinha sido seu Antonho Macaíba.

Estava podre e fedia muito. A barriga estufara como um pandeiro e adquirira uma cor pardacenta. Os olhos não existiam mais. Os caranguejos, os siris, os peixes tinham roído os seus dedos, seu nariz. Seu Antonho estava todo mutilado. Sem olhos, sem dedos e sem sexo.

Quando puxaram o corpo para fora d'água, o mau cheiro aumentou. Os caranguejos, que tinham vindo agarrados na carne podre, ao chegar o corpo à terra, desgrudavam-se para procurar de novo a lama dos brejos. Os goiamuns perderam o seu banquete.

Depois, as almas caridosas trouxeram uma rede e colocaram o homem podre dentro. Arranjaram um pau que nem um calão e colocaram nos punhos da rede. Encaminharam-se para o cemitério. De vez em quando, como o corpo pesasse muito, paravam. Descansavam o cadáver no chão. Cortavam varas no mato e davam surras no corpo enrolado. Era crença de certos sertanejos que o corpo pesava demais por causa dos pecados que levava. E que com aquelas pancadas os pecados seriam purgados.

Era tudo aquilo obra do sal. Obra do sol.

Aconteceu também que o filho do barcaceiro Vicente ficou cego. Bem que disseram que ele era muito moço para trabalhar no sal. Mas ele não acreditou. Um dia, soltou a picareta e sentou-se cobrindo o rosto com as mãos. O dia, que antes estava branco, de tanta luz, escureceu de todo.

Levaram-no para casa. Puseram compressas de água morna sobre a vista. Lavaram seus olhos com água boricada. Mesmo assim, ele nunca mais enxergou. Nem com as promessas feitas no dia de Santa Luzia. Nada. O seu dia se vestira de noite para sempre. A luz se transformara em sombra. Depois, os capatazes se desculparam, dizendo que não fora por causa do sal, não. Que ele ia ficar cego mesmo, mais cedo ou mais tarde. O filho do barcaceiro Vicente tinha mesmo a vista fraca...

Daquele dia em diante, o rapaz seria mais um cego a pedir esmolas no dia de Santa Luzia... e na procissão de Nossa Senhora dos Navegantes.

E o sol aumentando. Os dias avançando. Os pés de Chicão, rachando.

A seca devorando o sertão. A tristeza comendo a alma dos sertanejos. E a vida continuando sempre.

Agora, Chicão já conhecia todos os ramos da salina. Seus ombros sabiam o que era transportar o sal dos aterros para os depósitos.

Conheceu aquele peso. O peso das cestas fabricadas de cipós e enfiadas num pau grosso, que chamavam de calão. Calão, porque produzia um grande calo sobre o ombro onde era sustentado. Os homens do sal possuíam enormes crostas de calos nos ombros. Era uma deformação cascorosa que se podia enxergar sob a fazenda da camisa.

Até ali, o sal o deformara, rachando-lhe os pés daquela maneira nojenta.

Agora, o calão deformava os seus ombros para sempre.

Era um meio deficiente e desumano de carregamento. Contraproducente.

Atrasa o serviço e congestiona a produção.

Dias e dias seguidos, os homens formavam os batalhões. Aqueles batalhões que se resumiam num naipe de doze homens, a marchar o dia inteiro, sob um sol de fogo, carregando no calão os balaios que comportavam uma média de uns oitenta litros.

Corpos vergados, suados, fedorentos.

Chicão começou a criar também o calo nas costas.

Era levantar de manhã e retornar quando morria o sol.

Lá vinham eles. Em filas, caminhando por dentro do sal, empunhando os balaios. Chegavam até às margens do rio, atravessavam pranchas finas até chegarem às barcaças. Ali, os balaios eram entornados para o porão. As barcaças comerciavam o sal a granel. O sal caindo, juntando-se ao que já havia no porão, produzia um ruído semelhante ao de uma navalha sobre uma barba de vários dias. Subia uma poeira que baixava logo e tornava a subir, quando entornavam outro balaio.

Havia sempre um conferente espionando tudo. Nas salinas se dava a mesma coisa, sempre um fiscal, um capataz, um feitor, de pé, bem abrigado, observando o serviço. A safra estava ali madura e poderia haver ainda duas colheitas. O serviço não podia cochilar, porque o inverno poderia aparecer o mais breve possível. Há dois anos que havia seca e o dia de Santa Luzia anunciara que os meses de janeiro, fevereiro e março marcavam chuva. Aquela superstição nunca falhava.

O serviço que agora se realizava seria repetido ainda duas vezes. Tinha que haver nova colheita, nem que os homens rebentassem. A safra estava boa e os cristalizadores se encontravam com muito sal ainda. Uns, nem tinham sido trabalhados sequer.

Vinha também o trabalho do sal curado. Aquele que ficara durante um ano em purificação, jogado de propósito às intempéries.

Começaram a cavação. As picaretas davam duro e as pás e as enxadas concluíam o resto. Depois de bastante sal desfeito da pirâmide, o processo usado era o mesmo dos balaios e dos calões. Só que eles levavam os balaios até os trilhos, onde havia tróleis em formato de caçamba de quinhentos litros. Por intermédio daqueles trilhos se fazia a remoção do sal curado até os depósitos, onde seria ensacado ou metido a granel, no porão das embarcações. Dessa espécie de sal era tirada uma grande parte, para ser triturada em moinhos rústicos e antiquados, por processos primitivos e, de certo modo, retardantes. Dali saía o sal fino, usado no consumo culinário.

E o sol esquentando sempre. Os dias passando iguais. Numa monotonia exaustiva com a dureza do trabalho. Monotonia escaldante.

Levantar às cinco da manhã. Lidar com o sal verde, o sal curado, carregar balaios, puxar calão. Empurrar caçambas cheias por trilhos enferrujados pela maresia. Atravessar pranchas de barcaças com oitenta quilos nas costas. Transportar sal para a trituração...

Depois, ensacamento do sal. Até as mulheres vinham trabalhar nisso. Mãos metidas nas sacas. Agulhas grossas com fio de estopas cosendo as bocas dos sacos de sessenta quilos. E aquelas sacas bem feitas, duras, uniformes, seriam carregadas em alvarengas para os iates e, desses ou das barcaças, passariam para as lingadas. Lingadas de doze sacas subiriam nos músculos dos guindastes e desceriam para o porão dos navios mercantes. E o sal seria distribuído pelo mundo. Dividido para sacos menores. Devorado por bocas. Vendido por preço mais caro. Utilizado, comercializado. Caminharia até a beira das pias batismais. E todo aquele movimento executado, realizado com o simples sal, seria tomado com a maior naturalidade possível. Porque ninguém se interessava ou se preocupava em conhecer de perto o processo moroso da existência do sal. Que importava aos olhos da humanidade saber de onde vinha aquilo? O sal não era uma ostentação. Simplesmente uma dose necessária para a coloração dos paladares. E não devia ser adicionado demais. E nem podia faltar um pouco. Havia de ser uma quantidade certa e bem medida. A história trágica e triste das vidas que se perderam, dos ideais que se confundiram com a palidez mórbida e branca do sal, nunca interessaria a ninguém.

O sol ali estava aumentando sempre. Repetindo todos os dias o queimar de brasas. Os corpos nus da cintura para cima, suando, escurecendo. Os pés rachando. A vista queimando. Os calões deformando os ombros. A poeira branca se levantando do sal, caindo nos porões. As lingadas de doze sacos se erguendo e abastecendo os porões do mundo.

Agora, as mãos também se rachando com a fabricação, com o ensacamento bem feito desse mesmo sal que tinha o destino de viajante e que morreria, num momento, dentro d'água. Aquela água que faltava no sertão. Que matava toda a verdura da terra. Que desesperava os homens. Que molharia o corpo sacrificado daqueles mesmos homens. Que obrigava o sertanejo ao crime, ao saque, à inveja e ao ódio. A água, o fator principal da movimentação da humanidade. Água... água... água.

– Água?... Mais água?...

Lídia, a louca, percorrendo diariamente as salinas, minorando a sede nas gargantas. Pensando num marido que provavelmente tinha morrido de sede e que iria encontrar. E que se o encontrasse, deveria ser no meio das águas azuis do fundo do mar. Aquela bilha na cabeça. Aqueles seios bem feitos. Aquele corpo quase que surpreendente, ainda meio moço, que não despertava água na cobiça dos olhos e no desejo dos homens. Porque dentro daqueles olhos morava a água parada da loucura...

– Água?... Mais água?...

E ela caminharia sempre. Todos os dias. Voltaria como o sol de cada dia. Voltaria, como os pés dos homens teriam sempre de se rachar. Como a vista dos homens ardendo sempre. Como a pele dos homens se curtindo cada vez mais.

A pele curtida, que marcaria o rosto com largas rugas. E dentro daquelas rugas surgiriam as rugas filiais. Mães, avós e filhas. Os homens chorariam água dentro daquelas rugas, se um dia se desesperassem...

Não! Eles só chorariam, se por acaso rir pudessem. Mas aí estariam loucos como Lídia e como seu Antonho Macaíba, que foi se afogar no brejo do Rio Açu. Que nem as velas quiseram encontrar de tanta tristeza...

Chicão parou. O sol tinha morrido. Olhou para as velas das barcaças que iam para um mundo novo. Para um mar limpo. Verde. Coçou o ombro onde o calão se engrossava. Olhou de novo as velas brancas e reteve um sorriso triste de esperança...

Capítulo Quinto

O MAR

Aquelas velas brancas modificaram o destino de Chicão. Aquela esperança que apareceu nos seus olhos engrossou. Aquele sorriso triste, olhando as velas arreadas, os cascos dos iates ancorados... Tudo foi concorrendo para a mudança de sua vida. Era a atração verde do mar, o segredo que as ondas contavam no seu vaivém, que despertou em Chicão o desejo de uma mudança. Precisava viver!

Não voltaria mais para as salinas. Outro, que não ele, poderia ficar com os pés rachados eternamente, sem tomar uma iniciativa de revolta. Os pés dos homens foram feitos para uma finalidade e, dentro dessa finalidade útil e prática, tinham o direito de ser perfeitos.

Sua vista não seria estragada com a claridade do sol sobre as pilhas de sal. Ele enxergaria bem até o último momento de vida que lhe fosse dado enxergar.

Rachar, cegar, apodrecer, virar charque humano. Fazer da vida um refúgio imundo. Não era para ele, não. Para isso, não precisaria ter atravessado o sertão todo em busca de uma fonte limpa de vida! Para secar, extinguir-se, deteriorar-se, teria ficado comendo a poeira da terra seca, nas terras de São Tomé.

Não voltaria para aquela imundície de vida. Para aquela podridão das salinas. Os homens tinham nascido para ser, naturalmente, muito mais do que simples cães.

Amanhã, quando desse cinco horas, a fila de sacrifícios se encaminharia para o seu túmulo branco. Mas ele não estaria entre eles.

Pensou na semelhança que existia entre a esterilidade da terra seca do sertão e a amargura úmida e destruidora da água-sal.

Ali havia água, mas sua alma continuava na imensidão da seca.

Enquanto se encaminhava para Porto do Roçado, ia pensando.

A noite se fizera madura e estava cheia de estrelas. Um vento morno percorria os céus.

Que teria de fazer agora? Voltar para o sertão? Nunca. Na sua frente perpassou de novo toda a desgraceira da seca. Tudo nitidamente detalhado. Lembrou-se da viagem que fizera, de trem, de Baixa-Verde para Epitácio Pessoa. Um trem imundo. Flagelados pendurados como trouxas humanas. Esfaimados. Angulosos. Esqueléticos. Verdadeiras bostas humanas. Da mesma cor e fedendo como tal. E quase que tinha o mesmo formato. Ele também se sentindo assim. Também fizera uma travessia semelhante. Também implorara passagem como aqueles outros seres humanos. Também implorara comida, caridade, piedade, compaixão... Tudo por causa da miséria da seca. O trem que caminhava devagar. Quente. Abafado. Enfraquecido. Soltando dentro da paisagem morna e rubra um apito semelhante ao último balido das ovelhas que estertoravam dentro da seca. Um apito impressionantemente humano. De cortar o coração e causar piedade. O trem resfolegando. Parando suado em cada estação. Fedendo como um

trem imundo de gado. E era mesmo um trem de gado. Gado humano. As paradas prolongadas na estação. Pilhas amontoadas de outros entes humanos, enchendo as plataformas. Naturalmente e comumente imundas. Gente que se acumulava numa única miséria. Assemelhando-se a uma parte da paisagem que se despregara. Gente seca, de olhos fundos e brilhantes. Mãos magras que se estendiam, pedindo. Implorando...
    Outros invadindo os carros de segunda. Queriam viajar. Andar. Não parar. Parar só com a morte...
    Os carros se enchendo com novas vítimas. Novas levas do último grau de decadência dos seres. Novas trouxas de vidas se apertando dentro dos carros. Mulheres carregando filhos às costas. Filhos que se sustentavam por milagre nos pescoços magros, cabeças que pareciam ter crescido demais. Tudo se tornando desproporcional. Tanto o brilho dos olhos como a compridez da magreza. Sim. Aquela gente só tinha magreza e olhos. O rosto secara para dar expansão ao tamanho desmesurado dos olhos. Os olhos cresceram para diminuir o significado de rosto... E sujava ali mesmo. Urinava. Gente gemendo. Rezando preces. Lamúrias. Crianças morrendo. Olhos que choravam e levavam a terra rachada dos rostos. Uma paisagem sórdida que Chicão não esqueceria nem que vivesse mil anos... Não! Não voltaria mais para o sertão. Não voltaria para o sal. Que fazer? Ficar novamente trabalhando no botequim de Dom Miguel? Também não. Sentia-se ainda muito moço e aquele trabalho não era trabalho macho. Queria lidar com coisa que fizesse gastar energias. Balançar os músculos. Não ficaria trabalhando com Dom Miguel. Era grato ao bom espanhol. Fora no seu armazém que se refizera das forças perdidas. Muitas coisas tinham acontecido ali. Lembrou-se das próprias palavras de Dom Miguel sobre as salinas, falando das vidas desesperadas e sem proveitos que lá se perdiam inutilmente... Ali ouvira a história de Joaninha Maresia e daquela história ele mesmo fizera uma realidade.

Joaninha passara toda a sua vida para ele. Com Chicão, ela descobriu que os homens não tinham nascido mortos. Lembrou-se das histórias de Baianão. Das lendas da Bahia. Das histórias trágicas do mar, onde Anamburucu possuía um papel proeminente. Do mar de que os pescadores sabiam tantas coisas bonitas. O mar de tantas lendas, tantas canções. O mar. Que não era nem como o sertão e nem como as salinas. Tão verde, tão cheio d'água. Cheio de peixes... As velas brancas voltaram a acenar dentro das suas lembranças. Os homens que iam e vinham. Que levavam uma vida ruidosa e quase livre. Que gostavam de usar camisas de malha. Homens que quando chegavam aos portos vinham com uma vontade terrível de procurar mulher. Que caminhavam gingando. Trazendo no andar o compasso de todas as ondas do mar. As peixeiras na cinta, que tinham esse nome por causa dos peixes do mar...

Sim, era o mar.

Primeiro, procurou Dom Miguel para contar os seus projetos.

Falaria dos seus planos de abandonar as salinas. Dom Miguel havia de compreender que ele desistira, porque todo ser inteligente procura adaptar a sua vida a uma condição mais agradável.

E o espanhol não só compreendeu, mas também se prontificou a arranjar-lhe uma apresentação para o dono de um iate.

Depois, comunicou a Joaninha a nova vida que ia levar. Ela sorriu tristemente. Custara-lhe tanto a descobrir um homem como Chicão. E agora ele queria ir para o mar. O mar, o maior rival das mulheres que são casadas ou vivem com os marítimos. Felizmente, ele não iria para sempre. Os homens do mar estão sempre chegando. Sempre voltando. Não fazia mal. Toda vez que ele voltasse, seus braços estariam abertos para se fecharem em volta do seu pescoço forte...

E foi assim que Chicão caiu na vida do mar. Adquiriu o modo de andar, gingando. O jeito de falar, sorrindo. A maneira de amar, queimando.

Primeiro, foi uma barcaça. Depois, trabalhou num iate. Por fim, entrou para o Ricardo Barreto, que até hoje ainda é o iate mais bonito da costa do Nordeste...

•••

Agora tinha voltado. Chegara no tempo das festas. Estivera feliz no dia memorável de Santa Luzia. Na sua cintura, a faca de cabo de chifre do rei da quebra de braços fazia um figurão.

Breve estaria de novo longe dos braços de Joaninha Maresia. Longe do Porto de Macau. Voltava para o mar. O tempo se passara mais rápido do que pensara. A seca se acabara no sertão. Véio Malaquias dissera isso. Mas o velho era doido. O sertão continuava longe de Chicão e ele era feliz com o mar. Sim, o sertão estava muito longe e não havia seca para entristecê-lo...

Ia agora fazer a última viagem no Ricardo Barreto. Depois cambaria para o iate de Mestre Damasceno. A vida do homem do mar é assim mesmo. Sair e voltar. Trocar de botes. Mudar de iates ou de barcaças. Mas, de qualquer maneira, sentir sob os pés o doce balanço do mar verde.

Capítulo Sexto

O IATE DE MESTRE DAMASCENO

O homem do mar muda sempre de embarcação. Qualquer coisa que ande no mar facilmente pode ser a sua casa. Chicão trabalhava agora no iate de Mestre Damasceno. Não era um iate tão bonito como o Ricardo Barreto. E nem tão grande. Mas era um bom iate velejador. Mestre Damasceno costumava dizer que tinha dois filhos: a barcaça louca chamada O Dedo de Deus e o iate Cabedelo. A filha sempre dava mais trabalho. Até já quisera se desfazer dela. Mas quem queria uma barcaça tão louca? Já o filho, o iate Cabedelo, esse dava gosto, orgulho até.

No novo iate, não tinha mais o Russo de olho vazado, não tinha um Mestre Antão apostando um par de óculos por tudo. Nem Dorcelino com o relógio que fora de seu pai. E nem tampouco um cão chamado Leão.

O iate Cabedelo ia fazer uma viagem muito arriscada. Por isso Mestre Damasceno convidou Chicão, oferecendo-lhe mais dinheiro. Os homens do mar não gostam de viajar com carga inflamável. Acham que isso é "cutucar o cão cum vara curta". A viagem sempre se realiza mais perigosa. Ninguém poderia fumar. Era preciso um cuidado tremendo. Qualquer distração faria com que a embarcação voasse pelos ares. Muitos homens do mar têm família e não se arriscam por mais um pouco de dinheiro.

Há dois anos, a barcaça Piranha tivera aquele fim que ninguém esquecia. Um todo de cigarro e uma explosão. Uma explosão e um naufrágio a quinze milhas da costa, mas que estremeceu até as areias da praia de Genipabu. Quando as jangadas dos pescadores chegaram até lá, encontraram o mar pegando fogo e lascas de madeira por toda parte. Os homens eram na certa pedaços mastigados na boca dos cações...

Mas com Chicão não tinha disso. Ele não possuía família. Joaninha Maresia era o máximo da sua vida. Mas não se casara com ela. Não fizera filho nela. Portanto...

Aceitaria o convite de Mestre Damasceno. O iate Cabedelo era um bom barco. Nem velho, nem novo, mas ótimo corredor. Tinha fama de ser conhecedor de tudo. Não havia costa do Nordeste a que a embarcação não tivesse aportado, praia que a sua quilha não conhecesse, barra em que não tivesse entrado. Tinha prática da vida. Suas velas aguentaram muito rojão de vento. Seu casco enfrentara muitas vezes a ferocidade das marés.

Mestre Damasceno se orgulhava dele. Quando viajava, lá estava ele agarrado à roda do leme e não queria mais largar. Ficava embevecido. Dava a impressão de que o velho mestre contava as subidas e as descidas do barco sobre as ondas. Olhava as velas orgulhosamente. Media a costa com a vista. Tornava a se perder naquele enlevo.

O iate de Mestre Damasceno tinha prática da vida do mar. Uns diziam que ele compreendia o desejo dos homens. Outros inventavam que o iate só gostava de fazer viagens para Natal e que quando saía de lá andava com preguiça e má vontade. Parecia até verdade isso. Até Natal, os homens de bordo nem precisavam ter cuidado. Mesmo viajando contra o vento, a viagem se fazia ótima. A quilha da embarcação conhecia a costa de cor.

O Ricardo Barreto partira para o Norte. O iate Cabedelo estava saindo da barra, em busca do Sul. Mestre Damasceno aguentava o leme. Parecia cantar com o iate. Conversar com os seus gemidos sobre a água. Só ele compreendia aquela linguagem e a doçura daquela conversa.

– Intão, iate bunito, rei do Norte, barco galante, qual é a rota?

E o iate dizia para ele:

– Eh! Mestre Damasceno, meu senhor e meu patrão, o maior piloto do Norte, a rota inda sei: vamos pegar o Terral e transpor a boia do Lamarão! Olhe, meu mestre, olhe pela mura do iate que é seu criado e pode montar até os coqueiros tão verdes da Ponta do Tubarão. Vamos correr até lá.

– E depois, iate bunito? – perguntava Mestre Damasceno.

– Depois? O marinheiro de bordo vai fazer sondagem até a ponta da Caiçara. Marinheiro não deve se aproximar da terra. Olhe as Coroas, marinheiro. Mas também não se afaste demais por causa das Urcas. Preste atenção se a "terra estiver lavando". Se estiver, cuidado que são as Urcas que lavam as águas...

– E passando as Urcas, iate tão lindo?

– Vamos sair do farol de Santo Alberto, na ponta da Caiçara, espiando pela mura até a ponta de Santo Alberto. Daquela ponta a gente ruma até a dos Três Irmãos. Mas só se deve ver o Irmão do Norte, porque senão há perigo de se amará... Uma vez montado o Irmão do Norte, é só montar para o Irmão de Leste, e desse é só rumar para o Irmão do Sul...

– E que mais, meu iate?

– Se aproveita o mesmo vento e faz-se rumo para a ponta de Santo Cristo. Mas sempre espiando pela minha mura. De Santo Cristo a gente ruma para o farol de Olhos d'Água.

Aí, tá danado! Começa o rendilhado do Farol de Olhos d'Água, que também chamam de Calcanhar. Desse farol, siga no bordo do mar até que a Ponta do Sítio das Garças saia pela ponta da Gameleira...

– Diga mais, meu iate bunito.

– Vire para o lado do Sul, e se o vento der para alcançar a vila de Touros, pode fazer caminho e pegar fundeador. Chegando, meu senhor e meu mestre, faz a orsada, leva leme a sotavento, até que o leme fique bem no olho do vento. Então largue o ferro...

– Eta, iate bunito, que sabe tudo. Em Touros, nós temo bom fundeadô. Um ancoradô de fundo de lama. Cum boa aguada, e que pescaria que a gente pode fazê, heim, meu iate bunito? Mas conte o que tem mais?

Aí o iate andava mais ligeiro. Falava mais depressa. Era porque a distância encurtava e a cidade de Natal começava a se aproximar. Falava depressa, naquela linguagem que só o Mestre Damasceno sabia compreender.

– Levantava-se a âncora de Touros para seguir até o Rio do Fogo. Olha para trás, piloto, e veja que o Sítio das Garças não se encubra muito pela ponta da Gameleira. Depois veem a ponta de Pititinga... Os coqueiros de Caraúbas. A ponta de Maracaju. Aí vem o Cabo de São Roque! Eta! E mais tarde os coqueiros de Mariu, a praia mais bonita do Nordeste! Óia os baixios de Maxaranguape! Isso, sim. Esse é o último perigo! Daí, meu senhor e mestre, pode fazer-se ao mar, sem cuidados, prestando atenção somente em não se amará, em virtude dos baixos de Muriú, Jacuman, Pitangui e Genipabu...

– Então, meu iate...

– A gente transpõe a Ponta de Genipabu e pode fazer rumo para a Fortaleza dos Santos Reis Magos de Natal. Natal... Aí, meu mestre, meu senhor, maior piloto do Nordeste. Aí chegamos...

O iate Cabedelo, de Mestre Damasceno, conversava. Falava aquilo tudo que só o velho marítimo entendia. Outra pessoa estranhava que o velho marítimo conversasse com a embarcação. Mas essa pessoa que estranhasse era porque não era um homem do mar. Não conhecia a linguagem dos ventos, das águas, das asas das gaivotas. Essa não conheceria a dor que vai nos gemidos das velas, nem o resmungar dos mastros.

A linguagem do mar é tão bonita! Tão doce, que até São Pedro usa e gosta.

E Mestre Damasceno está ali, firme. Sustentando o leme. Contando as subidas e as descidas do iate sobre as ondas. De vez em quando para a olhar as velas, sonda as águas e o horizonte, mede a costa e espia o tempo. Grita com voz bem forte para que ela não se perca de mistura com o vento:

– Óia a sonda, minha gente!

– Vire o traquete!... Aperte a bujarrona!...

Mas aquilo não é um grito. Não é uma ordem. É mais um pedido. Ele não grita com ninguém. Pede para que lidem com carinho com o iate que é como os seus filhos. Se grita é por causa do vento. Não é preciso gritar com um iate que obedece a tudo quanto ele deseja...

Capítulo Sétimo

O GATO

Mais três meses se passaram. Vieram as chuvas. E numa manhã nublada Chicão voltou de novo. O iate Cabedelo abriu todas as velas e saudou todas as águas que corriam no Rio Açu. Mestre Damasceno empunhou a roda do leme. Nessa hora, ele não cederia o timão para ninguém.

A quilha veio cortando a correnteza. O iate Cabedelo voltava para casa. Ele conhecia toda a intrincada ramificação, todas as curvas perigosas, todos os bancos de areia, toda a profundidade do canal, todos os detalhes da barra do Rio Açu.

Com as chuvas, as águas tinham engrossado. O rio, com a cheia da maré, tornava-se largo e de um tom verde escurecido.

O iate vinha buscando porto. A notícia percorreu toda a cidade de Macau. Caminhou veloz até Porto do Roçado. Mestre Damasceno chegava!

Houve alegria pelas faces. Quando chega um iate, sempre chega também um irmão, um pai, um tio, um amante... ou uma notícia qualquer de um ente querido que viaja...

Por certo, Joaninha Maresia estava se arrumando. Alisando os seios bem feitos, que não eram grandes demais, mas também não eram pequenos. Ela os tinha assim, porque assim os quisera. Tinham-lhe ensinado que se ela os colocasse dentro de um ninho de rouxinol eles só cresceriam do tamanho do ninho. Foi o que ela fez. Alisava aquilo que era de Chicão, e de que tia Cristina tinha uma inveja danada.

Joaninha Maresia estaria feliz. Essa noite Chicão voltava para dentro dos seus braços. Era triste quando ele se ia, mas quando ele chegava a alegria também se duplicava.

Chicão pisou alegre as terras de Porto do Roçado. Aquela noite foi bem feliz para ele. Amou Joaninha Maresia como só ele sabia fazer. Contou coisas bonitas dos portos por onde estivera. Trouxe, como das outras vezes, um bonito presente. Uma prenda para agradar a vaidade da companheira. Dessa vez, não tinha sido um par de brincos e sim duas marrafas de tartaruga, enfeitadas de pedrinhas brilhantes. Trouxe também uma rede de barbante que comprara na praia de Caiçara.

Depois dessa noite, ele começou a andar por toda a cidade de Macau. Ia rever caras. Apertar amigavelmente a mão de muitos amigos. O homem do mar sente um prazer imenso em rever não só os lugares que estima, mas também as fisionomias conhecidas. Um aperto de mão, um sorriso, uma palavra de simpatia, tudo isso faz parte da vida de cada um que vive sobre o balanço contínuo do verde mar.

Como era agradável conversar com Dom Miguel. Olhar seu rosto bondoso; ouvir a sua voz diferente, que lembrava as terras da velha Espanha.

Conversar de novo com a brancura reverente, com a voz branca como a cabeça de Monsenhor Honório.

Dar gargalhadas estrondosas com as imoralidades destampadas de Margarida Papo Amarelo. Visitar outros iates onde sempre encontrava companheiros antigos. Pedir informações de outros que há muito tempo não pisavam por aquelas plagas. Andar de venda em venda, ouvindo as histórias mais interessantes. De tudo e de todos. Responder a toda espécie de perguntas que lhe faziam. Isso acontece com todo mundo que vive em cima do mar.

Chicão matou a saudade de cada um daqueles lugares. Reviu tudo com calma, devagar.

Sabia que não havia pressa. O tempo dos ventos maus começara. Os iates demorariam mais nas suas estagnações nos portos. Agora só se fazia uma viagem, sondando bem o tempo. Chegada a estação dos ventos maus, todo cuidado era pouco. Por causa de precipitação, muitas barcaças, muitos iates, muito bote de pescaria tinham ido para o reinado de Anamburucu, como chamava Baianão... E de lá ninguém voltava para contar histórias.

Chicão esperava sair agora para o Norte. Levar mais um carregamento de sal lá para as bandas de Camocim, no Ceará. O Cabedelo não levantaria pano antes de uma semana. Mestre Damasceno queria muito ao seu iate e fora criado à beira da praia. Conhecia o perigo do vento. Não arriscaria a sua embarcação, nem a vida daqueles homens fiéis, por uma impaciência, precipitação ou qualquer outro motivo parecido. O tempo dos ventos era mesmo perigoso.

Agora, as salinas tinham parado os trabalhos. As marés iam trazer as novas águas para os cercos, para os cristalizadores, e elas ficariam chocando, gerando o sal verde. Algum tempo se passaria até que novamente o cemitério do sal seria aberto para engolir os dorsos bronzeados dos homens que se enterravam vivos. Na safra, o sal estaria ali. Os pés dos homens, rachados, monstruosamente disformes, voltariam à cata de novos maxixes. As vistas se perderiam de novo com a força excessiva da luz incidindo sobre as pirâmides do sal. Era a rotina da vida, sem nenhuma invenção. Macau seria eternamente a mesma coisa.

•••

O tempo era feio. As nuvens se aglomeravam por toda parte onde se olhasse o céu. E, no mar, ainda era pior. Fora da barra, o vento poderia surpreender, a qualquer momento, uma embarcação descuidada e consumir, no seu sopro, muitas vidas que ali estivessem.

Os pescadores não iam pescar. Se o mar, na praia, era tão forte, lá fora, seria furacão. Tinham que esperar que o mar serenasse, que o tempo melhorasse. Às vezes o mar e o vento passavam até dois meses emburrados. Depois melhoravam. Faziam uma trégua. Mas mesmo assim era tempo de vento. E eles, quando viam uma nuvem suspeita, não queriam sair. Era perigoso. Poderia acontecer uma traição.

Alguns pescadores corajosos não ligavam àquilo. E, muitas vezes, nada acontecia. Ao contrário, encontravam lá fora um sol maravilhoso. E aquela nuvem só viera para enganar. Assustar os praieiros.

Mas o tempo era feio. As nuvens negras continuavam se amontoando, formando pirâmides negras. Atrás daquelas nuvens, lá longe, na barriga do mar, deveria andar muito sol pelo dia. Os iates e as barcaças não queriam sair. Era mais prudente que esperassem uns dias.

O iate Cabedelo ia demorar uma semana. Joaninha Maresia estava feliz. Estaria com o seu homem por muitas noites. Acariciaria os seus cabelos negros, enquanto lá fora, dentro da noite escura, o mar estaria rugindo enfurecido e o vento cantaria as canções mais uivantes nos ouvidos das ondas.

Foi numa tarde daquelas que, entrando no botequim de Dom Miguel, Chicão ouviu a história. Baianão era quem contava. Quando deu com a entrada de Chicão, soltou uma bruta gargalhada e perguntou à queima-roupa.

– Tal, Chicão. Tu é home de verdade, campeão da queda de braço, forte pra burro, pur que é que num te oferece?

– Oferece pra quê?

— Ainda não ouviste falá?

— Não.

— Pois óia, teu patrão, Mestre Damasceno, tá percisando de uns home. Ele tá cum carregamento de sal pra mandá pra Maceió. Disque num qué arriscá o Cabedelo. Mas tá cum pressa de mandá o sal. Se encontrá tripulação pro Dedo de Deus...

— Que é que tem?

— Ele manda o sal pra Maceió. Só isso.

— Num tá veno que ninguém sai cum tempo desses! E logo naquela barcaça doida!...

— É serviço pra home macho. Macho pra burro. Foi pur isso que eu te falei.

Chicão ficou pensativo. Medindo o tamanho daquele perigo.

— É duro.

— Se é!

— O cabra que se arriscá tem que contá cum a sorte.

— Se ele pegá o caná de São Roque antes...

— Só se tivé sorte mesmo. Purque o sulão tá dando nesses dia. A barcaça tem que andá depressa. Mas se viajá contra o vento, nessa época de ventania forte...

— Se fosse pro Norte, era fácil.

— Num era tão fácil, mais havia menos perigo. Pro Norte quarqué um iria.

— É.

— Ele paga munto pra quem fô?

— Foi pur isso que eu te falei, Chicão.

— Já tem quem tenha vontade de í?

— Até agora, só o Russo.

— O Russo é largado mesmo. Tamém ele num tem ninguém no mundo.

— Pur que tu num vai, Chicão?

— Eu vô pensá.

Chicão saiu. E o diabo começou a soprar o sulão da vaidade na sua cabeça:

— Por que você não vai, Chicão? Você não é o homem mais forte? Mais bonito? O rei da queda de braço? Não há perigo. Você tem sorte. Jogará com ela mais uma vez. Ora o que é o sulão?... Um vento besta que às vezes aparece...

Chicão passou nervosamente as mãos pelos cabelos. A noite era mulher formada. Noite madura.

Ele caminhava e nem ouvia o ruído dos pés na areia.

Só a voz do diabo conversando com a sua vaidade:

— É uma oportunidade boa para você ganhar uns bons cobres. Uma tarefa para um pulso forte como o seu. Para sangue novo. Se você faz essa viagem, ganhará a fama de ser o piloto mais corajoso do Nordeste. Por que não vai? De mais a mais, a barcaça Dedo de Deus não é tão doida assim. Ela corre bem, e governada por um braço forte como o seu...

Sua alma estava ficando desinsofrida. Uma vontade medonha lhe espicaçava o íntimo. E se fosse? Não aconteceria nada. Ele sabia que não aconteceria nada...

Foi para casa. Essa noite, Joaninha notou a inquietação de Chicão. Ele custou, mas acabou contando:

— Eu acho que vô, Joaninha.

Ela não disse nada. Não adiantava dizer nada para ele. Quando Chicão se decidia, era inútil pedir qualquer coisa. Virou-se para o outro lado da cama. As mãos de Chicão alisaram os seus ombros morenos.

— Tu num diz nada?

Ela não respondeu. Alguma coisa morna pingou sobre a mão do rapaz. Seus dedos foram subindo pelo rosto dela. As faces estavam molhadas.

— Tás chorando, Joaninha?

Havia uma ternura grande na sua voz. Estreitou-lhe o corpo forte entre os braços. Limpou com a ponta da colcha o molhado do seu rosto. Joaninha sentiu-se morrer. Dessa vez morrera tudo. Até o calor do sexo, o calor do corpo. Tudo. Das outras vezes, quando Chicão a enlaçava daquele jeito, que só ele sabia fazer, seu corpo adquiria chamas. Mas agora, não. Seu corpo parecia estar se dissolvendo. Se acabando. Morrendo...

Chicão não deveria ir. Ela também conhecia a vida do mar. E logo numa barcaça amaldiçoada como o Dedo de Deus. Mas não adiantava pedir. Suplicar. Os homens do mar eram assim mesmo. E as mulheres dos homens do mar tinham que se acostumar. O mar para eles é mais importante. Sabia que ele estava decidido a ir. Então chorava. Chorando se conformava. Seu rosto estava úmido. E por isso sentia o rosto barbado de Chicão arranhando docemente o seu. Era por isso que a voz dele tinha adquirido tanta doçura.

Lá fora a noite era negra. No mar, o vento chorava uivantemente nos ouvidos das ondas revoltas.

•••

Mestre Damasceno coçou a barba. Estava meio areado.
– Eu num tinha pensado em você, Chicão.
– Móde isso, vim lhe falá.
– Mas é muito perigoso.
– Sei disso tamém.
– A barcaça é doida.
– Eu cunheço ela. Garanto que cumigo ela se porta bem.
– Vô lhe falá francamente, Chicão. Eu perciso muito que essa carga de sal chegue a Maceió. Mas num quero arriscá o Cabedelo. É o meu barco e num quero perdê o bicho. A barcaça é doida. Mais mesmo assim é minha e eu gosto dela. Num quero ficá sem ela tamém. Mas se tivé de perdê um dos dois, eu prefiro ela ao iate. Se perdesse um dia o Cabedelo, acho que murria...
– Eu sei que o senhô gosta da barcaça. Tomo coidado cum ela.
– Qué ir mesmo, Chicão?

– Vim aqui pra isso.
– Tá bem. Então eu lhe confio o lugá de mestre.
– Quem é que vai mais eu? Ouvi falá que o Russo ia...
– É. Ele vai. É um home corajoso. Tem tamém aquele preto Jesuíno. Cunhece ele?
– Cunheço sim. É um bom sujeito.
– E vai tamém Eusébio.
– Eusébio, marido da Clodomira?
– É.
– Aquele eu cunheço munto. Trabalhei mais ele no Ricardo Barreto. Eta, caboto bom! Eu, ele e o Russo viajemo munto pur aí. Vai sê bom...
– Eles tão espiando a barcaça. Vamo lá?
– Vamo. Quando é que o senhô pretende que nós saia? Amenhã cum a maré da tarde?
– É bão.

Encaminharam-se em direção à Rua da Frente. Foram encontrando muita gente conhecida. Lá estava a barcaça. A embarcação de pior fama – O Dedo de Deus.

Foi uma festa quando o Russo e Eusébio souberam que Chicão ia como mestre. O Russo não se conteve. Abraçou o amigo, falando quase comovido.

– Quem havéra de dizê que nóis ia viajá junto, seu peste?
– Pois tou aqui. Nóis vamo saí amenhã de tarde.

Mestre Damasceno examinava, com olhos ternos, a barcaça. E era doida. Ele mesmo sabia que era. Mas era rija, forte, ligeira.

Virou-se para os rapazes:

– Dá tempo de vocês saí na maré da tarde?
– Dá sim. Nós começa a carregá os saco de sal de manhã. Armoça ao meio-dia e espera a maré.
– Entonce, Chicão, passe na minha casa mais tarde. Eu perciso conversá cum você sobre outra coisa.
– Tá bem, Mestre Damasceno.

O velho marítimo se retirou. De repente, o Russo franziu a testa e afirmou o único olho para o céu.
– Ispia, Chicão. Que coisa engraçada!
– A nuve?
– Sim. Cum que é que se parece?
Chicão estremeceu. Lembrou-se de alguma coisa:
– Parece...
Mas não quis dizer com que se parecia. Jesuíno, que também espiava, terminou o pensamento.
– Se parece cum gato. Um gato que avança pra gente. Um gato! Chicão ficou apreensivo. Uma nuvem parecida com um gato? Lembrou-se do aviso do velho Malaquias: "Coidado com os gato!". Um arrepio perpassou-lhe o corpo todo. Reagiu. Um gato. Que besteira! Uma simples nuvem que o amedrontava assim. Bobagem. Depois, o velho Malaquias era um demente. Um velho doido...
Levantou a vista para cima, e a nuvem parecia avançar cada vez mais para eles. Era um gato perfeito...

•••

Abraçou Joaninha. Jogou o saco nas costas. Riu para ela. Viu que duas lágrimas deslizavam pelo seu rosto. Fez uma careta para ela, de brincadeira. Aprumou o corpo, virou as costas e caminhou.
Passou no botequim de Dom Miguel e deu adeus para ele. Sorriu e saiu caminhando pelas ruas de Porto do Roçado em direção a Macau.
Foi olhando para cada recanto como se se despedisse. Guardando no fundo dos olhos uma saudade para se lembrar no meio da viagem.
Até que já começava a sentir saudades de Joaninha. Gostava dela. Sabia que seus olhos estariam vermelhos de tanto chorar. Mas depois ela se consolaria. Voltaria logo com bastante dinheiro para comprar presentes bonitos. E quando

a estreitasse, de novo, nos braços, traria para ela a maior quantidade de xenhenhém...

No máximo, ia levar dois meses. Podia ser que demorasse um pouco mais. No caso de pegar alguma carga no caminho, quando viesse de volta, podia retardar a viagem. Chegou ao porto. Uma porção de gente estava ali. O tempo continuava feio e emburrado.

Chegou na barcaça. Gente se reunia perto para assistir ao abrir das velas. Levantar o pano de qualquer embarcação atrai os praieiros. E ainda mais sendo uma barcaça com aquela fama e que ia fazer uma viagem perigosa. A barcaça O Dedo de Deus tinha o ABC da loucura. E ela viajaria agora, contra os ventos, num tempo de grandes temporais.

O povo tinha ido espiar a partida de Chicão, o rei da queda de braço. Todos gostavam de dar adeus e desejar boa viagem. Acenar com um lenço ou com os braços. Era costume da beira de praia. Como se aquela gente irmanada numa vida comum, compreendendo bem os perigos que passariam os tripulantes, viesse ali para lhes proporcionar um estímulo.

Eles vinham desejar felicidades, porque era aquela a vida que também viviam. Os perigos eram iguais. Diziam então, de coração, para os que se iam:

– Boa viagem, meu amigo e meu irmão.

– Boa viagem, nesse mar tão grande, tão grande e perigoso, de onde nós tiramos nossas forças e nosso pão...

Jesuíno, Eusébio e Russo começaram a desferrar as velas. A âncora foi suspensa.

Todos trabalhavam. A maré estava cheia e o vento fazia uma curuviana que arrepiava. A vela grande se levantou. Suspendiam o traquete. As amarras se soltaram. Os olhos silenciosos do povo observaram a barcaça saindo de lado, começando a se afastar.

Chicão sustentava a roda do leme. Os braços fortes apertavam o timão.

Os olhos negros brilhavam dentro das sobrancelhas encurvadas, num gesto de responsabilidade.

Mestre Damasceno rezava baixinho, na beira do cais, para que a barcaça fizesse boa viagem e logo os homens retornassem sãos.

Mas Baianão, que conversava com Margarida Papo Amarelo, não pensava assim.

– Eu num ia não, Margarida. Cum esse tempo! É preciso sê macho mesmo!

– Chicão se sairá bem.

– Pode sê. Pode sê. Mais espie pro lado do Sul. Que nuves! O mar está brabíssimo!

Margarida acompanhou com a vista o lugar indicado por Baianão. Seus lábios tremeram. Aqueles homens podiam não voltar mais. Quem sabe? Rezou para Santa Luzia. Para São Pedro. Para Nossa Senhora dos Navegantes. Que protegessem aqueles homens...

Baianão continuava falando, pesaroso:

– E eles vão contra o vento... Hum!...

Entretanto, a barcaça se afastava. Tinha pegado o centro do canal e deslizava graciosa como um cisne. O vento enchia as bochechas das suas velas. A coringa tinha sido desatada. Todos os panos se abriam para receber os socos do vento. Era mesmo ligeira a barcaça Dedo de Deus. Agora pegava carreira. Chicão observava a barra pelo bordo da mura. O cais foi ficando para trás. As salinas brancas iam diminuindo. Pouco mais teriam transposto a boca da barra e Macau se sumiria ao longe.

O farol de Alagamar estava ficando para o lado. O Lamarão, com a maré cheia, encobrira toda a fetidez pútrida do mangue. Agora começavam os balanços do mar. Fazia frio. Uma curuviana danada. O vento de fora da barra se manifestava adversamente. A barcaça jogava muito e parecia não querer andar sobre as ondas que se sucediam. Mas eles tinham que ir. Tinham que andar, mesmo sabendo que demorariam. Quando fosse para voltar, com o vento a favor, num instante chegariam. Aí tudo vinha a favor. Era o vento, a maré e o desejo de chegar em casa.

A tarde findava. O vento escorregando pelas cordas assobiava angústias. Depois, vinha dormir sereno no bojo das velas estufadas. A costa foi ficando longe.

Lembrando-se de Mestre Damasceno, Chicão sorriu. Se tivessem vindo no iate Cabedelo, a coisa seria outra. O iate, segundo o velho Mestre, conhecia todos os pontos da costa. Pelo menos até Natal fariam uma viagem descuidada e sem preocupações. Mas mesmo assim, a barcaça caminhava bem. Era ligeira.

Veio a noite.

Os dias foram se passando. Sempre o vento forte, rondando as velas.

Sempre presente, rosnando enfurecido.

•••

A ponta da Caiçara desapareceu pela ré. Tudo ia ficando para trás. O farol de Santo Alberto. A ponta de Santo Cristo. O farol de Olhos D'água. O Sítio das Garças. A Ponta da Gameleira...

Daí por diante a viagem começou a perigar. Era o ponto donde se podia pegar o sulão. Se chegassem sem perigo ao Canal de São Roque, quase não haveria mais a probabilidade de um acidente. Ali era o ponto perigoso.

Dentro de dois dias, alcançariam o centro do canal, e a carreira para o Sul seria menos dificultada.

Mas a desgraça veio mesmo. A esperança dos homens começou a se turvar. Dos lados do Sul, nuvens baixas e negras principiaram a se formar.

– Óia, Chicão! O sulão!

– Se a gente andá mais ligeiro, passa pur fora dele.

– Ele inda vai demorá um dia.

Com a ameaça do sulão, o mar foi se tornando mais enfurecido.

A barcaça jogava mais. O frio aumentava. As ondas batiam na proa e sacudiam água dentro do convés.

O dia se passou como se arrastasse as horas contra o mar. E o sulão se aproximava. As nuvens eram cada vez mais negras e mais baixas.

Chicão chamou os companheiros. Era a hora de não se ter medo.

– Nóis vai pegá o sulão. Pode sê que a gente passe pur ele. Que a gente arcance o meio do caná de São Roque sem que ele pegue a gente. Que é que vocês quere? Continuá ou incostá?

O Russo deu a sua opinião:

– Home, eu sô lobo véio nesse mar. Agaranto que o sulão num pega a gente. Tá vindo muito moroso. As nuvens tão muito atrais.

– Pode sê que tu tenha razão, Russo. Mas ele tá demorando móde pegá força. Vai sê um sulão maió!

– E você, Eusébio?

– Pode continuá. Eu penso que a gente passa pur ele, sem acontecê nada. O que num gosto é de ficá parado pur essas zona perigosa.

Chicão pensou um pouco e falou.

– Home, sabe de uma coisa? Se o sulão vié mesmo, a gente tem de pegá ele ou incostado na praia ou dentro do má arto. A gente tanto se espatifa aqui cumo na bera da praia. Vocês quere í pra frente?

– Queremo.

– Entonce vamo. Mar é negócio para gente macho. E continuaram navegando mar afora...

●●●

Mas no dia seguinte, a coisa veio certa. E eles não tinham atingido o meio do Canal de São Roque.

Tudo foi rápido como um raio.

O mar parou. Imobilizou-se por um momento. Um vento morno soprou bem de leve. A barcaça parecia nem sentir o balanço das ondas.

Os homens estremeceram.

– O sulão!

As nuvens desceram pela proa, numa fúria louca. Chicão gritou alucinado.

– Vamo descê as vela. Senão...

Sua voz não foi ouvida. Tentaram descer as velas, num instinto terrível de conservação. Jesuíno subiu pela escada de cordas. O vento rebentou com um estrondo pavoroso. O Russo retesou os músculos aguentando a roda do leme. Eusébio tentara cortar as cordas que amarravam o traquete. Mas não teve tempo. O vento arremetia em estrondos. As ondas cresceram. A barcaça era jogada por todos os lados. O mar invadia tudo. Os olhos de Chicão espiaram a desgraceira que não tinha fim. Apertou os dentes com força. Tudo era arremessado de um lado para outro. Coisas voavam pelo espaço. De repente um estrondo maior ainda convulsionou a barcaça. Os mastros estavam rachando. Jesuíno sumiu.

O mar encobria tudo. Qualquer coisa oscilou no espaço e caiu pesadamente sobre os ombros de Chicão.

Uma pancada forte. A impressão de um ombro esmagado e um corpo amolecido, caindo sobre o convés...

Capítulo Oitavo

SEDE

Foi abrindo os olhos devagar. Sentiu uma pontada fortíssima na vista. Havia uma sombra encobrindo o lado esquerdo. Sentia-se entontecido e nada sabia do que acontecia.

Tentou sentar-se. Mas uma dor mais forte ainda repuxou todo o seu braço direito. Apoiou-se no esquerdo e conseguiu sentar-se. Firmou a vista. A sombra continuava do lado esquerdo. Foi se lembrando de tudo. O temporal. A rajada do sulão. A barcaça. Sim, a barcaça O Dedo de Deus. Estava nela. Lembrava-se agora de tudo. Olhou em volta e enxergou a destruição que o cercava.

As velas estavam rasgadas em tiras. O mastro do traquete não existia mais. Era um tronco decepado. O da vela grande estava ainda agarrado, mas todo destorcido, esfiapado, com grandes lascas quebradas e pendentes, caído e achatando a casa de comando.

Vergas partidas se amontoavam em todos os cantos. As amuradas tinham se rachado. A proa perdera o bico. Cordas balançavam-se partidas.

O temporal tinha sido bravíssimo. Como é que a embarcação resistira a tanto? Só mesmo um milagre do Eterno. Ou talvez um castigo.

A cabeça doía-lhe pesadamente. Aos poucos Chicão voltava à realidade.

Teve uma sensação de gelo envolvendo-lhe as pernas. Foi então que viu que a água invadira tudo com a tempestade, e que estava sentado com as pernas completamente imersas. Quis arrastar-se, à procura de um lugar mais elevado, mas a dor do braço quase o fez desmaiar. Começou a apalpá-lo. O braço direito prendia-se ao corpo, mas sem força e completamente quebrado.

Seus dedos foram subindo. O ombro pendia curvado para a frente. A cada apalpadela, dores terríveis o assaltavam. Sentou-se e, ainda entontecido, começou a chorar.

Depois, lembrou-se da sombra que existia e que ainda continuava sobre o olho esquerdo. Levou a mão à testa. Descobriu o motivo. Devia ter ido de encontro a qualquer coisa, porque uma fenda vinha do alto da cabeça até o supercílio. O sangue coagulara-se e impedia que ele enxergasse direito.

Limpou cautelosamente o ferimento. Imergia a mão na água da barcaça alagada e trazia-a de leve à testa. O sangue foi desgrudando. E em pouco uma nata negra se misturava à água. O mar, quando invadira a embarcação, tinha dissolvido toda a carga de sal do porão. Aquela água, com que Chicão fazia agora o curativo, estava por demais impregnada de sal e ardia a ponto de quase lhe provocar novo desmaio.

Descansou um pouco. Fechou a vista até que a dor da ferida melhorasse.

Quando tornou a abrir os olhos, já podia enxergar muito melhor.

Foi então que se lembrou dos companheiros. Gritou. Chamou com voz desesperada por Eusébio, Russo, Jesuíno.

Esperou um pouco para ver se vinha uma resposta. Tornou a gritar com maior força e maior angústia. Mas o silêncio continuava, sem modificações. O que teria acontecido aos companheiros? Podia ser que algum deles estivesse vivo ou talvez ferido como ele...

Precisava se mover. Mexeu-se do lugar onde se sentara. Devia pelo menos procurar um lugar onde a água não o atingisse daquele jeito. Os lábios manifestaram o primeiro sinal de sede.

Não poderia calcular quanto tempo estivera desmaiado. Nem quanto tempo estivera sem beber. Arrastou-se um pouco e, agarrando-se numa corda que prendia, fez força com o braço esquerdo para levantar-se. Uma dor forte produziu-se do lado contrário. Sentou-se desorientado. Mas tinha que se levantar. Fazer qualquer coisa. Tentar salvar o resto de vida que havia naquele corpo. Mesmo que desmaiasse de novo, tentaria levantar-se. Trincou os dentes e segurou a corda com força. O ombro direito parecia estar sendo arrancado. A vista tremeu, como se fosse desmaiar. Mas conseguiu ficar de pé. Apoiou-se no mastro da vela grande, que estava ali arrancado, quebrado em forma de um grande V. Respirou lentamente. O vento do mar veio ao encontro do seu rosto.

Olhou o resto da barcaça. Tudo se espatifara. Nada havia intato. Se o casco resistira a tanto, boiando, era por sorte.

Saiu caminhando. Amparava-se na borda da embarcação para não cair. Cada passo o entontecia. A cabeça ferida. O ombro quebrado e o braço pendendo como um molambo, esmagado. Tinha que pensar aquilo. Viu a vela do mastro grande ainda molhada, caindo por sobre a tampa da escotilha. Sentou-se sobre o porão. Com a mão esquerda tateou a cintura. Felizmente, a faca da queda de braço ainda estava ali. Arrancou-a e com toda a dificuldade foi destacando um pedaço da vela grande. Era penoso aquilo. Ter de trabalhar com uma só mão, e ainda por cima a esquerda. Mas a tira foi cortada da vela. Agora era preciso amarrá-la com auxílio dos dentes. Com o auxílio da mão e dos dentes, teceu um nó. Apertou-o. Estava pronta a tipoia. Enfiou-a no pescoço. Teria agora que suspender aquele braço pendente. Era capaz de desmaiar. Suspendeu-o devagar. Um suor frio empapou-lhe o rosto. Mas era preciso. Foi levantando o braço, aos poucos. Trincava os dentes, mas isso não evitava os urros que lhe saíam do peito. Levantou um pouco mais e, com os dentes, entreabriu a tipoia. Foi colocando o braço dentro do pano. As lágrimas desciam-lhe pelo rosto. Que dor! Sentou-se e apoiou a cabeça contra o mastro partido. O corpo se alagara de suor. Os dentes castanholavam de emoção. A vista tremia. E o membro partido começou a arder como se uma imensa coivara existisse dentro dele.

A febre parecia tê-lo assaltado.

Mas tinha que reagir. Podia ser que viesse a salvação. Alisou a testa com a mão esquerda. Levantou-se. Sentia-se fraco. Mas agora, com o braço apoiado naquela tipoia rústica, caminhava com menor dificuldade. Precisava sondar o resto do ambiente e ver se havia alguém. Se algum dos companheiros precisava de socorro. Caminhou em direção à casa de comando. Com a queda do mastro grande, a casa de comando afundara. Olhou pelas brechas de madeira, procurando algum deles. Dentro tudo estava em desalinho. As camas jaziam desmontadas no chão. Os objetos quebrados, partidos, espalhavam-se por todo canto. Não havia ninguém. Rodou para o lado do timão. Seus olhos se dilataram de horror. Esmagado com a queda do mastro, o timão se partira em dois e, debaixo dos restos daquilo tudo, estava o Russo. Morto de um jeito impressionante. A cabeça esfacelada derramava os miolos esmagados, que se colavam no chão da barcaça, com o sangue coagulado. O único olho, o olho azul do rapaz, tinha saltado da órbita e jazia a quase um palmo do rosto, espiando para cima.

Chicão chegou a tremer. Cobriu com um trapo o rosto esmagado. Aquele olho que ficava observando a desgraça da barcaça.

Não podia tirar o Russo dali. Se ao menos estivesse com a força dos dois braços, enfiaria o dorso sob o mastro quebrado e tentaria removê-lo.

Depois, arrastando a roda do leme também partida, puxaria o companheiro dali para arremessá-lo ao mar. Faria isso, sim. Seus olhos se marejaram de novo, porque sentia-se tão impotente como o cadáver do amigo.

Se não viesse o socorro depressa, o Russo começaria a apodrecer ali, porque ele não poderia fazer nada.

Pobre Russo! Que gostava tanto das mulheres. Parecia agora um picadinho de carne dos que se vendem no mercado.

Chicão andou em volta da embarcação para ver se encontrava Eusébio ou Jesuíno. Não havia sinal deles. Os estragos do bote apareciam cada vez maiores. Novas destruições por todos os lados.

E Eusébio? Podia ser que ele tivesse caído no mar e nadasse. Não. Não haveria quem escapasse nadando naquele mar enfurecido. Provavelmente, os dois tinham caído ao mar, arrancados pelo furor do vento. Eles deviam ser comida de peixe. Ou estar boiando com a barriga estufada, em lugares distantes. A bordo é que não se encontravam.

Chicão espiou os porões. As madeiras estavam descolocadas na boca, e se podia divisar a sacaria de sal, murcha, dentro da água existente ali. A água dissolvera o sal. Havia ainda uma camada branca vagando no centro e que, com o jogo das ondas, corria de lá para cá.

O sal de Mestre Damasceno estava tão perdido como inútil para sempre seria a barcaça.

Mas para que a água estragasse assim o carregamento, era preciso... Sim... Era preciso que tivesse demorado muito a tempestade. Tudo mostrava que o temporal durara no mínimo dois dias, e por todo esse tempo ele estivera desacordado ao sabor da catástrofe. E nada lhe acontecera. Nada, comparado com o fim dos outros.

Foi então que se lembrou de espiar se via terra. Qual o quê! De todos os lados só existia mar. Um mar calmo. Inofensivo. Mas que poucas horas atrás destroçara impiedosamente três vidas. Inutilizara uma barcaça possante e corajosa.

Não tinha a menor ideia de onde se encontrava. Talvez que, de noite, pudesse orientar-se. Não. Também não. Ele nunca quisera aprender, sempre achara que era bobagem se orientar pelas estrelas. Agora, se ele soubesse... Recordou-se de que, quando pegaram o temporal, foi no começo do Canal de São Roque. Mas isso não queria dizer nada. Porque os ventos poderiam ter levado a barcaça para direção completamente contrária. Outras correntes marítimas teriam afastado a embarcação para outro ponto distante. Se ele enxergasse terra, talvez se pudesse orientar. Restava-lhe a esperança de que uma outra embarcação, ou mesmo um navio, o socorresse.

Enquanto isso, ficaria ao sabor das ondas, sendo levado para onde o mar quisesse. Ainda havia outra alternativa e, dessa vez, trágica: a possibilidade de o casco não resistir ao embater das ondas ou de um vento maior. Tinha que esperar. Quantos dias? A sorte responderia. Sentou-se desanimado. O sol, lá em cima, ardia terrivelmente.

Os lábios continuavam a desejar água. Levou a mão à boca e sentiu-os ressecados. A sede manifestava-se mais forte. E não havia água a bordo. Nem comida. Na busca realizada, nada descobrira. Naturalmente, as ondas da borrasca tinham varrido a embarcação, carregando tudo o que existia. A fome era coisa a que poderia resistir. Resistir até a chegada de um socorro. Mas a sede, não. Ninguém aguentaria por muito tempo a sede. Tinha que chegar o socorro. Tinha que chegar.

Enquanto isso, o sol, lá em cima, escaldava tudo. O dia parecia não querer andar. Era como a barcaça arrastada pela indolência das ondas.

Se pelo menos pegasse uma corrente marítima, haveria a esperança de encontrar um veleiro qualquer. Tudo, para Chicão, se tinha transformado em esperança. Seu remédio era esperar.

O sol foi enfraquecendo mais. A tarde chegou com calma. O vento não se manifestou, e a calmaria angustiava. Dentro em pouco se faria noite. Esfriava. Ele não tinha um abrigo. Olhou a vela grande, que se tinha secado com a aridez do sol. Sim, aquilo ia servir. Enfiou a faca contra o pano, e só se ouvia o som do gume cantando nos fios do tecido.

A coberta estava feita. Procurou um lugar menos alagado para dormir.

Tentaria adormecer e quem sabe se, no dia seguinte, não iria bater na costa ou seria avistado por um bote de pesca ou mesmo um navio?

Lembrou-se de que perto da casa de comando era um lugar mais alto onde poderia dormir melhor. Mas ali estava o Russo morto e esmagado! Não tinha outro jeito. Talvez que, com o sol do dia seguinte, o convés da barcaça estivesse mais seco. Hoje, só ali mesmo. Mas dormir perto de um cadáver? De um homem com a cabeça achatada e que tinha um pano sobre o rosto, que ele mesmo colocara? Um pano que encobria um olho saltado, espiando para cima.

Sentiu arrepios pela espinha. Era o jeito. Só não se deitaria ali se o antigo companheiro estivesse fedendo.

Deitou-se. A noite chegou de manso. As estrelas no céu estavam se balançando, acompanhando o jogo das ondas do mar. O mastro decepado de O Dedo de Deus não jogaria bilhar com as estrelas, nem poderia, como se fosse um taco, correr atrás delas para espirrarem em todas as direções. Levantou a vista tristemente e enxergou o corpo de Russo.

O Russo dormia. Dormiria sempre. Se ventasse agora do lado do corpo achatado, um cheiro ruim correria. Felizmente, o vento estava contrário.

O ombro e o braço esmagados de Chicão ardiam sempre. Nunca paravam. A sede aumentava. A febre começou a entontecê-lo. Deitou a cabeça do lado bom. Mesmo assim, as pontadas se sucediam às pontadas. Um frio gelava-lhe a espinha. Os dentes batiam como se um acesso de maleita o atacasse. Os olhos foram se fechando e adormeceu.

Um vento fresco apareceu com a madrugada. E quando o dia começou a se adiantar, o sol nasceu de dentro d'água. Chicão acordou. A dor aliviara um pouco, tanto na sua cabeça como no membro inutilizado. Tinha a impressão de que todo o seu lado direito inchara e pesava muito mais.

Levantou-se. O vento da manhã soprava do lado contrário. Um mau cheiro terrível se desprendia agora do corpo do amigo em putrefação. Seria impossível dormir mais uma noite junto àquele corpo. Cuspiu de banda, enojado.

Espiou com a mão em pala sobre a vista, procurando divisar alguma coisa no horizonte longínquo. Mas nada aparecia. Somente água por todos os limites. Norte, Sul, Leste e Oeste. E o pior era a certeza de não saber para que lado o Norte se dirigia.

Sentou-se desalentado. Olhou os mastros arrebentados e as velas impotentes. A barca era mais que uma carcaça. Uma cuia que, se não se afundava, era empurrada para o lado que quisesse o vento e desejasse o mar. A tristeza se apoderou de Chicão. Bem que eles não deveriam ter saído. O temporal tinha se avizinhado demais, como se fosse um aviso. E eles tinham pensado que pegavam o centro do Canal de São Roque antes que ele desabasse.

Ficou pensando em Joaninha Maresia. A essa hora estaria rezando como fariam as mulheres dos companheiros que não existiam mais.

Não podia esquecer a risada do velho Malaquias, que lhe estava gritando a todos os momentos: "Cuidado cum os gato".

Bem que vira a nuvem. Aquela nuvem sinistra, que aparecera ameaçadora no céu, em forma de gato. Não acreditara na profecia do velho, e agora era esperar que Deus tivesse misericórdia daquela casca rebentada, vagando num mar absolutamente grande.

O sol já começava a esquentar. Provavelmente, a cobertura da barcaça ia secar e ele não precisaria dormir ao lado do cheiro podre do Russo.

A sede aumentava cada vez mais.

O dia se passou e a esperança de uma embarcação de socorro ficou arquivada para o dia seguinte.

A noite andaria mais rápida, porque a febre e as dores, o sono e o frio ajudariam muito. A garganta pedia água... água!... água!...

Começou a escurecer... A primeira lágrima da primeira estrela respingou no céu. Depois vieram outras. A noite, então, apareceu de todo.

Chicão embrulhou-se, tremulamente, na vela do mastro grande. A garganta ressequida passou a arder mais. Um gosto salgado impregnava-lhe a saliva. Passara o dia tentando engolir. Fazendo o gesto de engolir. Mas a cada movimento desses, um gemido triturava-lhe o peito.

Ainda bem que o sol abrasador secara o tombadilho. O sol, que o desesperara durante todo o dia. Que obrigara aquele seu corpo maltratado a buscar a todos os momentos uma sombra. Pelo menos, piedosamente o sol secara o convés. Ele poderia dormir ali. Sim, dormir. Jogar o corpo dolorido contra aquelas tábuas e adormecer. O embalo das ondas ajudava. A febre vinha cerrando os olhos. O delírio começou a apossar-se dele. Acordava às vezes assustado, pensando ter ouvido vozes. Parava para escutar, esperando que elas falassem de novo, mas só o barulho da água passando debaixo do casco aparecia. Fechava os olhos desesperadamente. E a febre, que o consumia, vinha acalmá-lo um pouco, trazendo o sono.

A noite ia alta. Os mastros decepados, esfarrapados, apareciam contra o céu das estrelas, como silhuetas mutiladas. Uma voz veio chegando. Veio gritando. Gritando!

Chicão sentou-se rapidamente. Conhecia aquela voz. Olhou para a ré da barcaça. Um vulto branco apareceu e se aproximava. As dores do braço pararam de incomodar, tamanha era a sua emoção. A voz se aproximara com o vulto.

Era Lídia. Lídia, a louca de Porto do Roçado.

– Água?... Mais água?...

Era ela. Conhecia a sua voz. Lembrava-se perfeitamente dela. Lídia parara.

A bilha d'água reluzia entre as suas mãos. Ela continuou para a popa.

Chicão havia de beber. Nem que tivesse de matá-la. Ali dentro estava a água. A água de que tanto a sua garganta necessitava.

Seus olhos se dilataram de pavor. Lídia, a louca, se ajoelhara e encostava a bilha nos lábios do cadáver do Russo. Avançou para ela alucinado. Tropeçou numa lasca de madeira e caiu de encontro ao corpo pútrido do Russo.

A dor o despertou. Não havia nada. Nem Lídia. Nem água. Somente o corpo que apodrecia, fedendo cada vez mais. Sentiu uma emoção tão grande a ponto de as dores da queda desaparecerem. Ele, Chicão, estava ali, abraçado com um defunto. Levantou-se depressa. Sentiu um líquido fétido escorrendo pelo rosto. Passou a mão. Pediu perdão a Deus daquilo tudo. De ter molestado ainda mais o corpo esmagado e em decomposição. Voltou, tremendo da cabeça aos pés, para o lugar onde estivera dormindo. O pano da vela se encontrava ali. Sentou-se. Todos os seus músculos tremiam. Encostou a cabeça na parede da embarcação e os soluços começaram a sacudir-lhe o peito.

Por que não morria logo? Por que Deus não tinha um pouco de misericórdia para tanta miséria? Que adiantava ser Chicão? Ter sido o rei da queda de braço? O homem mais forte que pisara as terras de Macau? Nada. Ele, agora, estava ali, chorando. Chorando como uma criança abandonada. Implorando alucinadamente a morte. Vendo miragens. Ouvindo a voz de Lídia, que, a essas horas, estaria no seu mocambo, dormindo em ampla promiscuidade entre os cães vadios e os gatos magros. Era a febre. A sede amordaçava-lhe a garganta a tal ponto que o obrigava a avistar miragens. Onde estaria? Em que águas estranhas o levava o destino? Não sabia de nada. Não passava um bote de pesca. Parecia que todos os navios tinham deixado de viajar por aquelas águas. Nem Deus queria ter piedade dele. Devia se atirar ao mar e esperar que os tubarões fizessem repasto da sua carniça humana. Aquilo tinha sido um corpo!

Levantou-se angustiado. Olhou para todos os lados. Era possível que dentro da noite aparecesse, alumiando, a luz de algum farol. Mas nada. A noite mordia o silêncio. E as águas do mar continuavam batendo e balançando a barcaça flagelada.

Tornou a sentar-se. Foi pendendo o corpo devagar. Cerrou os olhos molemente, e o sono veio disfarçar um pouco a dor do desespero.

Acordou de manhã com o sol lambendo o seu rosto. Abriu os olhos e sentiu que ardiam. Quase não tinha forças para erguer-se. Nem fome sentia mais. A garganta secara de todo. A sede afugentara a fome do estômago.

Alguém tinha dito ou fora ele mesmo? Estava se confundindo. Alguém dissera que de fome ainda se pode morrer, mas de sede não há quem deixe de enlouquecer.

Ergueu o corpo com uma dificuldade tremenda. Olhou o horizonte. Ao longe um fenômeno estranho parecia se desenvolver. Esfregou os olhos com as costas da mão. Debruçou-se ansioso sobre a amurada. Estaria vendo mesmo? Seria verdade? Ao longe, parecia haver uma arrebentação. E toda a arrebentação era sinal de terra próxima, praia ou banco de areia. O vento estava querendo ajudar, porque a embarcação ia sendo tocada naquela direção. Fitou desesperado o encurtamento da distância. Não. Não era nada. Absolutamente nada. Nunca existira ali arrebentação. O mar se encontrava igual a todo o resto de mar. As ondas se remexiam normalmente como todas as outras ondas.

Suas pernas enfraquecidas foram vergando, vergando. Uma tristeza imensa se apossou dele com a morte daquela esperança. Caiu sentado e pendeu a cabeça.

Não poderia mais levantar-se. Sua hora estava chegando. Se não viesse o socorro nesse mesmo dia, não haveria mais salvação. Seu corpo começou a descair. As forças o abandonavam. A garganta parecia fender-se. A língua inchara dentro da boca. Nem procurava experimentar engolir. A falta da saliva provocava dores violentas. Era um homem morto. Pagava assim os seus pecados. Mas ele não merecia purgar daquele jeito. Não era ruim. Sabia que também não era bom. Que tinha pecados como qualquer outro ser humano. Mas, morrer de sede? Secando a garganta daquele jeito? Não. Não merecia tanto. Não havia castigo maior para qualquer pessoa.

Os lábios se racharam. Começou a analisar o corpo. As dores tinham-se aliviado bastante. Ou seria que a fraqueza não deixava sentir as dores como elas eram? As carnes estavam se sumindo. O braço perfeito se afinava. Com o emagrecimento, sua pele se tornava mais escura, baça e deslustrada. O sol, lá em cima, queimava. Mas ele nem ligava. Antes tivesse ficado como o Russo, debaixo daquele mastro. Um mastro grande e pesado esmagando-o contra o chão da embarcação. Devia ser melhor. Teria morrido de uma vez. Pobre Russo! E ele ainda essa noite se jogara contra o seu corpo, pensando ter avistado a doida de Porto do Roçado. O Russo devia estar sendo comido pelos bichos que nasciam da própria carne humana. Uma água viscosa estava escorrendo no seu corpo, como aquela água que escorria nos maxixes dos pés dos salineiros.

Vinha uma sonolência a todo minuto. Chicão reagia. Temia que, adormecendo naquele estado de fraqueza, nunca mais despertasse. O homem lutando consigo mesmo, no comum instinto de conservação... Uma hora, queria morrer. Daria tudo para morrer. Outra hora, a esperança de um socorro aparecendo o obrigava a abrir heroicamente os olhos.

Queria viver! Queria viver! Queria viver! Viver! Olhar tudo aquilo que se acostumara a enxergar desde que via.

Mas os olhos se fechavam pesados. Tornava a abri-los. Não morreria assim. Se o Divino o tinha feito viver, tinha deixado que ele não morresse no temporal, era porque estava fadado a viver.

As forças já lhe faltavam. A garganta rachada, os lábios rachados, a língua rachada obrigavam a febre a fechar-lhe os olhos. Era custoso até respirar. O ar, entrando pelo nariz e pela boca, vinha morno e dolorido. Nem sequer se arrastava buscando o refúgio de uma sombra. Abandonava o corpo à inclemência do sol.

Na sua sonolência, no delírio que o assaltava de vez em quando, pensava somente em viver. Imaginava-se salvo. Ou era um grande iate de velas abertas que se aproximava. E ele podia ler na proa linda, na quilha cintada e elegante, o nome de Ricardo Barreto. Outras vezes, pensava estar de pé. Completamente bom. Em companhia do Russo, que não morrera, olhando para a praia. Eles sabiam que tinham sofrido um temporal, mas nada acontecera. Estavam perfeitos. Rindo de tudo. Avistando as praias. As redondezas de Macau. O Russo apontava para ele e falava:

– Tamos sarvo, Chicão. Ali tá a Urca do Tubarão. Quando a gente chegá perto dela, vai se avistá o Pico do Cabugi. Tamo é pertinho de Macau.

E vinha um vento benfazejo que levava a barcaça esbodegada até a urca do Tubarão. E eles riam felizes.
Outras vezes, era de noite. E ele ouvia a voz de Eusébio, mostrando a luz do farol da ponta do Mel. E discutiam.
– Num é o farol da ponta do Mel, Eusébio. É o farol de Alagamá. Nóis tamo pertinho de Macau.
– É mesmo. E eu, quem é que dizia que eu, um marítimo véio, fosse trotá ansim as lúis desses farol...
Mas nunca chegavam. Quando Chicão abria os olhos avermelhados, era para divisar a mesma coisa, para sentir muito mais dor e maior sede ainda. E o desespero se desencadeava.
Há quantos dias estava preso ali? Morrendo à míngua naquela embarcação? Sentindo o cheiro podre do Russo, que agora invadia tudo? Não sabia. Mas devia fazer cem anos que sofria.
Tinha certeza de que não escaparia. Queria jogar-se dentro do mar, mas nem para isso possuía resistência suficiente. O braço esquerdo se mostrava tão inútil como o direito. E mesmo para que fazer tanta força, atirar-se ao mar, se a morte não demoraria muito? Tanto fazia morrer ali como no céu da boca de algum cação!
Nada mais adiantava. Ia morrer. Morrer. Já estava morto. Daqui a pouco, começaria a apodrecer. Os bichos sairiam da sua carne. Os bichos da carne do Russo viriam ajudar os seus próprios vermes. Mesmo que um iate branco, com umas velas enormes, se aproximasse, seria tarde. Tarde para tudo. E ele nem mais queria viver. Depois daquilo tudo, nenhum ser humano desejaria viver. E se a vida lhe aparecesse por misericórdia, ele enlouqueceria. Endoidaria como seu Antonho Macaíba. Sairia correndo todo nu e se atiraria no brejo cinzento do Rio Açu.
Agora era tarde. Nem podia respirar direito. A língua pendia enegrecida de dentro da boca. Os ruídos se confundiam como as imagens do delírio. Lídia aparecia e encostava a bilha nos

seus lábios e ele não queria beber. Os gatos saíam das nuvens e vinham miar dentro dos seus ouvidos, mas ele não se incomodava. Joaninha Maresia tirava a camisola amarela e mostrava os seios duros. Nos seus olhos havia aquela luxúria molhada. Ela queria fazer xenhenhém. E ele não queria. Seu braço direito estava em luta com Fabiano. As brasas queimavam-lhe as costas da mão, mas não reagia. Era tarde. E aquilo ficava bem, no outro lado da vida. Da vida que não queria mais. Nem mesmo o doce xenhenhém de Joaninha. Ele queria a morte. Os bichos da morte. O xenhenhém feio da morte com os bichos podres.

Não resistiria muito. Não teria mais que um dia de vida. Que bom!

Abriu os olhos. Ouviu o barulho das ondas batendo no costado...

•••

O tempo perdera o significado. As horas se amontoavam umas às outras. O sol se misturava com a noite, na contínua indiferença daquela sonolência.

De repente, o barco estacou. A quilha foi de encontro a qualquer coisa. Ouviu-se um estrondo pavoroso. Parecia que a embarcação tinha se fendido ao meio. O madeirame da armação gemeu impressionante. A barcaça pendeu um pouco para bombordo e parou.

Os olhos de Chicão se abriram. Demasiadamente grandes, dentro do rosto, que adquirira proporções cadavéricas. Quis uivar, mas a língua inchada, que começava a pender enegrecida, fora da boca, não permitiu. Era a sede.

A poucos passos aquém da vida, Chicão compreendeu que o mar parara.

O raciocínio começou a funcionar devagar e perfeito. Ainda não morrera. Ele sabia que o mar não parara. O mar não para. Devia ser terra. Terra!

Levantou a cabeça. Seu pescoço quase não podia com tamanho peso. Mas era a terra. Podia significar vida. Talvez não fosse ainda muito tarde. Poderia vir o socorro.

Forçou o corpo contra a amurada. Foi se desvirando. A sonolência queria fechar de novo os seus olhos. Tinha que se levantar. Era a terra. Suspendeu o braço esquerdo que estava pesando duzentos quilos. Movimentou os dedos duros. Crispou-os contra a beira da amurada. Não era a força que suspendia aquele corpo inutilizado e sim o instinto de viver. O desejo imperecível de luta. Foi erguendo o corpo. Levantou-se completamente e tombou sobre a amurada. Era terra. Sim. Terra.

Mas a terra não tinha limites. Era horrivelmente estranha. Nunca vira antes coisa assim. Parecia um banco de areia, interminável. Incrivelmente grande. Seus olhos saltando fora das órbitas, desmesuradamente grandes, iam devorando a paisagem.

A terra, esbranquiçada, parecia recém-surgida do mar. Havia restos diferentes, como se fossem tijolos fragmentados se amontoando. Pedaços de velhas paredes, conservando um tom esbranquicento.

O que seria aquilo? Não havia dúvida de que era terra. A barcaça jazia ali imóvel, encalhada.

Foi então que a loucura se apossou dele.

Uma voz surgia de todos os lados. Uma gargalhada conhecida, velha, rouca, velhíssima, como se fosse a gargalhada do tempo, veio estourar dentro do seu cérebro febril. Conhecia aquela voz. Aquela gargalhada infernal.

Era o velho Malaquias.

– Chicão... O rei da queda de braço...

Olhou em volta para ver de onde provinha a voz. Mas ela aparecia de todos os lados.

– Você não teve medo de mim, Chicão!

O rapaz esperava que, a qualquer momento, surgisse à sua frente o rosto enrugado do macróbio. Com todas as suas rugas e filiais. Com aquela boca emagrecida, onde os dentes apareciam amarelados de tanto mascar fumo. Mas ele não aparecia.

— Eu não disse para você? Olhe agora para essas terras brancas, que vêm saindo de dentro d'água. É o seu túmulo. A sua maldição.

Está vendo aí essas areias que surgiram há pouco tempo do fundo do mar? Pois elas estão enterradas desde 1825. Sim, Chicão, 1825.

Chicão lembrou-se de como aquela data ficara martelando o seu juízo. Chegara mesmo a falar com Monsenhor Honório para ver se ela tinha relação com a existência da ilha de Manuel Gonçalves.

— Pois essa é a ilha, Chicão. A ilha de Manuel Gonçalves, que você nunca acreditou que houvesse e nem que viesse morrer encalhado nela. Ali existiu muita vida. Muita briga, muito sangue, muita morte. Essa areia, esse barro pegajoso, que estava encerrado no fundo do mar, é o marco de uma era intensa, que se perdeu por castigo de Deus. A maré foi tragando tudo. Todas as grandezas e misérias, todos os sonhos, todos os sorrisos e todas as lágrimas. Um dia ela haveria de aparecer. E isso é bom sinal. Sinal de que as almas que viveram aí estão perdoadas e a redenção da ilha está feita. Mas você...

A voz fez uma pausa e depois continuou:

— E eu lhe pedi que tivesse cuidado. Eu o avisei. Você viu o anúncio da desgraça nas nuvens do céu. Saiu da vida porque quis. Agora, a ilha voltou. Renasceu. Mas você morrerá porque foi ruim. Deixou por maldade a terra seca. Agora, olhe bem isso. Debruce-se mais. A sua cara está desfigurada. Está vendo? A sua língua endurecida pede água. Ela pende negra. Sua garganta nem funciona mais. É a sede. A sede, que rachou a terra, que você miseravelmente abandonou. Aquela terra que você nunca pôde esquecer e que vivia a todos os instantes na sua lembrança. Você agora tem sede. Sede. Castigado pela sede que devora. A mesma que devorou a terra que você amou e deixou. Sua língua está rachada como a terra calcinada. Mas ela não morreu, Chicão. A terra não morreu. Você não quis ficar com ela por causa da sede. Agora veja quanta água. Você quer beber. Mas não se bebe a água do mar. Veja quanta terra, mas não tem água! Uma terra muito mais seca do que se pode imaginar.

Gargalhadas cortaram o espaço. Gargalhadas loucas de maldade. Mas a voz continuou:

– Você vai morrer, Chicão. Tem uma hora de vida. Então, deixará esse corpo de sofrer. Mas quem sabe se a sua alma não ficará penando tristemente por aqueles lugares que você abandonou? Aqui, tudo seco. Seco e perdido. Desde 1825. Agora, lá. Você sabe onde eu digo, lá. A chuva reverdeceu tudo. O verde voltou de novo. A vida se veste de verdor por toda parte. A seca foi embora. O Apodi se enche d'água. O vale do Açu ostenta uma mata contínua de bandeira verde. O sol está ficando suave, umedecido de seiva e de vida. O vale do Seridó, nesse momento, nunca foi tão lindo. Os homens estão voltando. Bendizendo as águas. Voltam a trabalhar suavemente na terra, que é a vida. A terra, Chicão, que você não soube amar. Que você pensou que morrera. Ela agora está lá. Linda e exuberante. Mas você...

Fez-se então um grande silêncio. A voz se calara para sempre.

Chicão estava morrendo. Morrendo de sede. A gaze da morte começaria dentro em pouco a perpassar sobre os seus olhos.

Seus ossos quebrados se apoiavam contra a amurada da barcaça. O Dedo de Deus apontava para a morte. Seu corpo exangue jazia emborcado, espiando, espiando para tudo. Nem sequer a dor dos ferimentos o magoava mais. Nos últimos alentos, sentia doer o coração. Sim. Compreendia que nunca devia ter abandonado aquela terra. A maior amiga do homem. O coração doía mais, porque os olhos tinham se secado e não choravam agora. Ergueu a vista para o horizonte. A vista se enfraquecia. A ilha de Manuel Gonçalves desapareceu...

Em seu lugar maravilhosa transformação se deu.

Era o dia dezenove de outubro. Pedro Azevedo estava encostado perto do moinho e fitava o horizonte. Olhava o poente. Era também o dia dos seus anos. Seus olhos se apertavam num sorriso feliz.

– Não. Não haveria seca. Nunca mais haverá seca pelos sertões do Rio Grande do Norte. O poente está cercado de nuvens de chuva. O aro vermelho que anuncia a seca desapareceu. A terra vai ficar verde. Vai chover!

E agora o sertão estava realmente verde. Chicão apareceu, galopando em direção à fazenda. Saltou do cavalo Liberdade e dirigiu-se para o padrinho sorrindo.

– Num seca mais, num é, Padrinho Pedro?

– Nunca mais, Chicão.

– Pois eu vortei, Padrinho Pedro. Deixei aquela vida disgraçada e vortei.

– Eu sabia que você voltaria, meu filho. Todos os homens que amam a terra voltarão para ela. Você não poderia ficar longe disto aqui. Aqui é que está o seu verdadeiro coração. Olhe essas terras verdes, Chicão! Esses campos, essas serras. Cada coisa guarda uma lembrança da vida da gente. Olhe, Chicão.

E Chicão olhou. E foi enxergando a sua vida que desfilava ante os seus olhos encantados.

Viu-se menino, trazido pela mão de Compadre Neco. O rosto de Nhá Rosa se alargando num sorriso para ele e o considerando filho, imediatamente. Depois, as brigas na escola. As brincadeiras de João Calamate, que faziam na frente do sítio do Boqueirão. As correrias com Liberato. Os banhos no Rio Potengi. Nadando, brincando na correnteza. A primeira vez que galopou dentro dos campos de algodão. E tudo era imensamente verde. Aquilo nem guardava marca de sede. Examinou o pátio velho da fazenda. O machado encostado no canto e a fila de lenha que o esperava. Aquele machado ainda guardava o calor dos calos de sua mão.

Espiou para o cercado das ovelhas, onde os borreguinhos saltavam, corriam para junto das tetas das mães e ficavam dando puxões furiosos na ânsia de sorver o leite morno.

Depois, montava no cavalo e ia buscar o gado no campo. A camisa amarrada na sela e o peito apanhando vento. Voltava ao escurecer. Vinha, confundindo com o grito das serras, a música da tarde, o seu aboio dolente.

– Eia, Andurinha... Ô-o-o-o-o-o-ô, Princesa!... Ô-o-oo--o-ô, Baronesa... Pintada e Franjinha... É-ê...Bo-oi...

Reviu-se escondido nas matas do açude, espiando indiscretamente as coxas das lavadeiras distraídas. Ou empunhando a espingarda de Liberato e se metendo rente ao chão, pigorando de armadilha, quando as rolinhas viessem beber em bandos na aguada.

Puxando o braço da prensa de algodão, suando e cantando. Cantando como se estivesse aboiando o gado. E Donana dizia sempre, quando sua voz se perdia dentro dos ecos da serra, na escuridão da noite que vinha enchendo de encanto os ouvidos dos moradores, que quem cantava bem, quem aboiava bem, era Chicão.

Encontrava-se pegando o tijuaçu, que comia os ovos das guinés, para tirar-lhe couro brilhante e escamoso. O sertão maravilhosamente verde.

Vai chover. Grandes relâmpagos estão riscando o céu. Os trovões rebentam na serra da Arara. A cruz do doido se ilumina com o riscar dos raios. Vai chover.

Os campos abrindo as enormes bocas verdes para sorver grandes goles d'água. A água rebentando dos baldes das nuvens do céu e alagando tudo.

Esse ano a safra seria uma beleza. A cabeça dos algodoais estaria completamente branca. Agitando-se compassadamente na balada do vento. E o cata-vento funcionaria, jogando a pá numa batida bonita, numa pancada monótona, contínua. O vento gemeria entre as lâminas de sua roda. Os bezerrinhos vinham procurar abrigo dentro dos pátios da fábrica de depurar algodão. No cercado, as ovelhas, balindo, formariam um amontoado...

O açude está transbordando. Está chovendo. Nunca mais haverá seca no sertão. Chicão aparece galopando no cavalo Liberdade por dentro dos matos encrespados das espinhentas juremas. Os espinhos molhados raspam-lhe as pernas protegidas pelas roupagens de couro. Depois chegava no rancho e alisava os cabelos despenteados dos filhos de Nhá Rosa. Desencilhava o animal e se dirigia para o lado do açude:

– A bênção, Padrinho Pedro.

Padrinho Pedro, perto do moirão, ficaria ouvindo a barulheira que Chicão fazia, tomando banho juntamente com o cavalo.

Vinham as festas de Boi de Reis e Chicão não faltava. Estava lá; dando gargalhadas dobradas com as graças pornográficas de agradável sabor. Batendo palmas para Rivaldo, que nunca parava de dançar.

E a serra? A serra onde subia às carreiras e se sentava para esperar que a lua saísse. Onde, deitado na pedra grande do Mocó, ficava sonhando com coisas que aconteciam em outros mundos distantes. Num mundo em que havia um mar muito verde e os homens nus da cintura para cima trabalhavam em embarcações. Mas ele não abandonaria nunca o sertão. Por nada deste mundo. Dali tirava a sua vida. Dele bebia as suas forças. Podia vir a seca. Toda a seca do mundo, que não abandonaria a terra que tanto amava. Nunca. Lutaria ao lado de Pedro Azevedo. Suspenderia o gado que tombava. Levaria a boiada para o outro pasto do lado da serra. Campearia o dia inteiro, debaixo do sol, levantando todo o gado que fosse preciso, mas nunca abandonaria o sertão. Nunca...

Depois, quando chegasse o tempo da apanha do algodão, era aquela brincadeira de sempre. Aquele corre-corre para ver quem ajuntava mais. E enquanto corriam, ele, disfarçadamente, dava beliscões nas pernas grossas das filhas de compadre Venâncio. E compadre Venâncio não queria que elas viçassem. Elas diziam palavrões baixinho. Riam-se e gostavam...

A missa do Natal, na fazenda, quando todo mundo se confessava com o cônego Adelino, era uma beleza.

Derrubando gado, amarrando-o, enfiando as marcas de ferro dentro do braseiro e encostando-as nas ancas do animal.

Aquilo, sim, era vida.

Se olhava para todos os lados só via verde. Ninguém se lembrava da seca. Dentro da barragem do açude as águas estão sangrando. O açude rebenta de tanta água. É o inverno.

O sertão não morreria mais. O verde vestiu todas as árvores da serra, dos campos, da caatinga.

Até o capinzal da beira da aguada se adornou de verde e de brilho. Era a grande bandeira verde de todas as matas.

Os homens eram felizes. A seca não voltaria mais. A água apareceu no mundo. A água que vivifica tudo.

– Olhe, Chicão, esse é o sertão que você ama.

E a voz de Pedro Azevedo surgia de dentro da própria terra. Saindo do lugar mais profundo do seu coração de sertanejo. Seu olfato cheirava a terra que se molha com as primeiras chuvas. Era da terra escura que ele tirava todas as suas energias. Tudo nele era terra.

Estava ali, em pé, de novo como sentinela do tempo. Sondando o horizonte e sorrindo feliz porque não haveria mais seca.

Agora, falava para Chicão com aquela voz que reacendia a terra.

– Você voltou, Chicão. Voltou, Chicão...
– A bênção, Padrinho Pedro... Eu...

●●●

O corpo de Chicão foi pendendo dentro da barcaça, completamente sem vida. O mar muito verde continuou balançando, balançando a carcaça da barca. As ondas gemendo cantavam uma canção muito triste, muito doce.

Depois, as ondas gemendo levaram a barcaça pro fundo do mar...

Capítulo Nono

BARRO BLANCO

Agora todo mundo já sabia que Chicão não vinha mais. Nunca mais. Nem ele. Nem o Russo, que só tinha um olho e que, quando falava, só pensava em mulher. Com eles dois também se foram Jesuíno e Eusébio. Todos no fundo profundo do mar.

Joaninha vestiu-se de preto e cansou a vista de tanto chorar. Deu uma tristeza nela tão grande que muita gente pensava que ela ia endoidar como acontecera com Lídia. A mulher de Jesuíno, que esperava uma criança, também ficou com a alma desensofrida. Eusébio deixou tanta saudade na família e nos amigos... Só o Russo, que não tinha ninguém, foi o menos chorado.

Eles não voltavam mais. Fizeram uma viagem muito longa...

O povo esperou um mês, mas ninguém vira a barcaça O Dedo de Deus.

Ninguém podia trazer uma notícia, uma esperança. Nunca mais fora vista.

Não se pensou em acender uma vela dentro de uma cuia de coité e ver se se encontravam os corpos. O mar era tão grande...

Não adiantava, não. A barcaça era louca e desaparecera no mar grosso...

●●●

Dom Miguel, atrás do balcão, estava pensando. Desencostou a cabeça que se apoiava na mão e caminhou vagarosamente até a porta.

Foi levantando a vista para o lado das salinas. Lá estavam elas. Brancas, terríveis, assassinas.

Lembrou-se de Chicão, que se perdera para sempre dentro do mar.

Uma vida tão moça e tão bonita. Tudo se perdendo. Ele também perdera a Espanha. Todo mundo sabia. Perdera Barcelona, e em Barcelona ainda estaria a grande estátua de Colón, apontando para a América. Talvez apontando para o mundo perdido dali. Tudo se perdendo.

Levantou a vista de novo para as salinas. Breve os homens estariam lá se remexendo dentro. Enterrados até aos troncos. Gastando a vida. Gastando as vistas. Gastando a esperança.

Lídia passaria ao longe com a quartinha na cabeça, cantando o seu estribilho:

– Água?... Mais água?...

O sol continuaria refletindo-se para sempre no sal branco. E aquilo não era sal. Aquilo era um túmulo de barro *blanco*. Aquilo era um túmulo sorvendo vidas.

De repente, no começo da rua, a voz da Soia começou a girar esganiçada, estridentemente:

Comprá Juá
Jucá...
Quina-quina
Angélica
Mutamba...

Aquela voz ia se perdendo dentro da luz intensa do dia.

Aquele dia que nunca mudaria. A cidade de sal, eternamente branca.

E tal como veio, a voz da velha Soia começou a se perder ao longe, como se caminhasse por dentro da eternidade.

E aquilo era talvez um minuto eterno. Como se um minuto eterno não tivesse o tamanho de toda a eternidade...

José Mauro de Vasconcelos nasceu em 26 de fevereiro de 1920, em Bangu, no Rio de Janeiro. De família muito pobre, teve, ainda menino, de morar com os tios em Natal, capital do Rio Grande do Norte, onde passou a infância e a juventude. Aos 9 anos de idade, o garoto treinava natação nas águas do Rio Potengi, na mesma cidade, e tinha sonhos de ser campeão. Gostava também de ler, principalmente os romances de Paulo Setúbal, Graciliano Ramos e José Lins do Rego, sendo estes dois últimos importantes escritores regionalistas da literatura brasileira.

Essas atividades na infância de José Mauro serviriam de base para uma vida inteira: sempre o espírito aventureiro, as atividades físicas e, ao mesmo tempo, a literatura, o hábito de escrever, o cinema, as artes plásticas, o teatro – a sensibilidade e o vigor físico. Mas nunca a Academia de Letras, nunca o convívio social marcado por regras e jogos de bastidores. José Mauro se tornaria um homem brilhante, porém muito simples.

Ainda em Natal, frequentou dois anos do curso de Medicina, mas não resistiu: sua personalidade irrequieta impeliu-o a voltar para o Rio de Janeiro, fazendo a viagem a bordo de um navio cargueiro. Uma simples maleta de papelão era a sua bagagem. A partir do Rio de Janeiro, iniciou uma peregrinação pelo Brasil afora: foi treinador de boxe e carregador de banana na capital carioca, pescador no litoral fluminense, professor primário num núcleo de pescadores em Recife, garçom em São Paulo...

Toda essa experiência, associada a uma memória e imaginação privilegiadas e à enorme facilidade de contar histórias, resultou em uma obra literária de qualidade reconhecida internacionalmente: foram 22 livros, entre romances e contos, com traduções publicadas na Europa, nos Estados Unidos, na América Latina e no Japão. Alguns de seus livros ganharam versões para o cinema e teatro.

A estreia ocorreu aos 22 anos, com *Banana Brava* (1942), que retrata o homem embrutecido nos garimpos do sertão de Goiás, no Centro-Oeste do Brasil. Apesar de alguns artigos favoráveis dedicados ao romance, o sucesso não aconteceu. Em seguida, veio *Barro Blanco* (1945), que tem como pano de fundo as salinas de Macau, cidade do Rio Grande do Norte. Surgia, então, a veia regionalista do autor, que seguiria com *Arara Vermelha* (1953), *Farinha Órfã* (1970) e *Chuva Crioula* (1972).

Seu método de trabalho era peculiar. Escolhia os cenários das histórias e então se transportava para lá. Antes de escrever *Arara Vermelha*, percorreu cerca de 3 mil quilômetros pelo sertão, realizando estudos minuciosos que dariam base ao romance. Aos jornalistas, dizia: "Escrevo meus livros em poucos dias. Mas, em compensação, passo anos ruminando ideias. Escrevo tudo à máquina. Faço um capítulo inteiro e depois é que releio o que escrevi. Escrevo a qualquer hora, de dia ou de noite. Quando estou escrevendo, entro em transe. Só paro de bater nas teclas da máquina quando os dedos doem".

A enorme influência que o convívio com os indígenas exerceu em sua vida (costumava viajar para o "meio do mato" pelo menos uma vez por ano) não tardaria a aparecer em sua obra.

Em 1949 publicava *Longe da Terra*, em que conta sua experiência e aponta os prejuízos à cultura indígena causados pelo contato com os brancos. Era o primeiro de uma extensa lista de livros indigenistas: *Arraia de Fogo* (1955), *Rosinha, Minha Canoa* (1962), *O Garanhão das Praias* (1964), *As Confissões de Frei Abóbora* (1966) e *Kuryala: Capitão e Carajá* (1979).

Essa produção resultou de uma importante atividade que o ainda jovem José Mauro exerceu ao lado dos irmãos Villas-Bôas, sertanistas e indigenistas brasileiros, enveredando-se pelo sertão da região do Araguaia, no Centro-Oeste do país. Os irmãos Villas-Bôas – Orlando, Cláudio e Leonardo – lideraram a expedição Roncador-Xingu, iniciada em 1943, ligando o Brasil interior ao Brasil litorâneo. Contataram povos indígenas desconhecidos, cartografaram terras, abriram as rotas do Brasil central.

O livro *Rosinha, Minha Canoa*, em que contrapõe a cultura do sertão primitivo à cultura predatória e corruptora do branco dito civilizado, foi o primeiro grande sucesso. Mas a obra que alcançaria maior reconhecimento do público viria seis anos depois, sob o título *O Meu Pé de Laranja Lima*. Relato autobiográfico, o livro conta a história de uma criança pobre que, incompreendida, foge do mundo real pelos caminhos da imaginação. O romance conquistou os leitores brasileiros, do extremo Norte ao extremo Sul, quebrando todos os recordes de vendas. Na época, o escritor afirmava: "Tenho um público que vai dos 6 aos 93 anos. Não é só aqui no Rio de Janeiro ou em São Paulo, mas em todo o Brasil. Meu livro *Rosinha, Minha Canoa* é utilizado em curso de português na Sorbonne, em Paris".

O que mais impressionava à crítica era o fato de *O Meu Pé de Laranja Lima* ter sido escrito em apenas 12 dias. "Porém estava dentro de mim havia anos, havia 20 anos", dizia José Mauro. "Quando a história está inteiramente feita na imaginação é que começo a escrever. Só trabalho quando tenho a impressão de que o romance está saindo por todos os poros do corpo. Então, vai tudo a jato."

O Meu Pé de Laranja Lima já vendeu mais de dois milhões de exemplares. As traduções se multiplicaram: *Barro Blanco* foi editado na Hungria, Áustria, Argentina e Alemanha; *Arara Vermelha*, na Alemanha, Áustria, Suíça, Argentina, Holanda e Noruega; e *O Meu Pé de Laranja Lima* foi publicado em cerca de 15 países.

Vamos Aquecer o Sol (1972) e *Doidão* (1963) são títulos que junto com *O Meu Pé de Laranja Lima* compõem a sequência autobiográfica de José Mauro, apesar de o autor ter iniciado a trilogia com o relato de sua adolescência e juventude em *Doidão*. *Longe da Terra* e *As Confissões de Frei Abóbora* também apresentam elementos referentes à vida do autor. No rol das obras de José Mauro incluem-se, ainda, livros centrados em dramas existenciais – *Vazante* (1951), *Rua Descalça* (1969) e *A Ceia* (1975) – e outros dedicados a um público mais jovem, que discutem questões humanísticas – *Coração de Vidro* (1964), *O Palácio Japonês* (1969), *O Veleiro de Cristal* (1973) e *O Menino Invisível* (1978).

Ao lado do gaúcho Erico Verissimo e do baiano Jorge Amado, José Mauro era um dos poucos escritores brasileiros que podiam viver exclusivamente de direitos autorais. No entanto, seu talento não brilhava apenas na literatura.

Além de escritor, foi jornalista, radialista, pintor, modelo e ator. Por causa de seu belo porte físico, representou o papel de galã em diversos filmes e novelas. Ganhou prêmios por sua atuação em *Carteira Modelo 19*, *A Ilha* e *Mulheres e Milhões*. Foi também modelo para o Monumento à Juventude, esculpido no jardim do antigo Ministério da Educação, no Rio de Janeiro, em 1941, por Bruno Giorgi (1905-1993), escultor brasileiro reconhecido internacionalmente.

José Mauro de Vasconcelos só não teve êxito mesmo em uma área: a Academia. Na década de 1940, chegou até a ganhar uma bolsa de estudo na Espanha, mas, após uma semana, decidiu abandonar a vida acadêmica e correr a Europa. Seu espírito aventureiro falara mais alto.

O sucesso do autor deve-se, principalmente, à facilidade de comunicação com seus leitores. José Mauro explicava: "O que atrai meu público deve ser a minha simplicidade, o que eu acho que seja simplicidade. Os meus personagens falam linguagem regional. O povo é simples como eu. Como já disse, não tenho nada de aparência de escritor. É a minha personalidade que está se expressando na literatura, o meu próprio eu".

José Mauro de Vasconcelos faleceu em 24 de julho de 1984, aos 64 anos.

Dados Internacionais de Catalogação na Publicação (CIP)
(Câmara Brasileira do Livro, sp, Brasil)

Vasconcelos, José Mauro de, 1920-1984
   Barro blanco / José Mauro de Vasconcelos. – 2. ed. São Paulo: Editora Melhoramentos, 2019.
ISBN: 978-85-06-08422-9
1. Romance brasileiro I. Título.
19-26265   CDD-B869.3

Índices para catálogo sistemático:
1. Romances: Literatura brasileira B869.3

Cibele Maria Dias – Bibliotecária – CRB-8/9427

Edição revisada conforme o Acordo Ortográfico da Língua Portuguesa
Projeto e diagramação: APIS design
Texto de apresentação: Dr. João Luís Ceccantini

© José Mauro de Vasconcelos

Direitos de publicação:
© 1959 Cia. Melhoramentos de São Paulo
© 2019 Editora Melhoramentos Ltda.
Todos os direitos reservados.

2ª edição, agosto de 2019
ISBN 978-85-06-08422-9

Atendimento ao consumidor:
Caixa Postal 729 – CEP 01031-970
São Paulo – SP – Brasil
Tel.: (11) 3874-0880
www.editoramelhoramentos.com.br
sac@melhoramentos.com.br

Impresso no Brasil